Almeida, el hombre tranquilo

Carmen Morodo
Pilar Gómez

Almeida, el hombre tranquilo

ESPASA

Espasa es un sello editorial de Editorial Planeta, S. A.
Avda. Diagonal, 662-664
08034 Barcelona

Preimpresión: Safekat, S. L.

Imágenes de interior: Rafael Albarrán García y archivo personal del autor

Depósito legal: B. 18.506-2020
ISBN: 978-84-670-6048-5

Espasa, en su deseo de mejorar sus publicaciones, agradecerá cualquier sugerencia que los lectores hagan al departamento editorial por correo electrónico: sugerencias@espasa.es

www.espasa.com
www.planetadelibros.com

Impreso en España/*Printed in Spain*
Impresión: Black Print

El papel utilizado para la impresión de este libro está calificado como **papel ecológico** y procede de bosques gestionados de **manera sostenible.**

A Pau, siempre.

Índice

Prólogo

Cuando me dijeron que se estaba preparando este proyecto, pensé: «Vaya, han elegido hablar de un buen tipo», y cuando meses más tarde me preguntaron si me apetecía escribir algo sobre su protagonista, ya que le conocía personalmente, no lo dudé. Seré breve, porque lo importante no requiere de muchas palabras, sino de las justas. Por adelantado advierto que mi reflexión no es sobre el político que representa unas siglas, sino sobre alguien que me parece el máximo exponente del político bien preparado. Si la política estuviera por encima de las siglas, y no siempre debajo de ellas, nos iría mucho mejor a todos. Sinceramente, creo que José Luis Martínez-Almeida es lo que España necesita en estos momentos. El alcalde de Madrid es un profesional que sabe lo que dice y lo que hace, y es, además, una de las personas más cercanas que he conocido en política.

Nuestra relación viene de una de mis hijas, que se encargó de la campaña electoral de Almeida a la Alcaldía de Madrid. Si tuviera que destacar una de las muchas cosas que me han llamado la atención de su manera de ser y de su liderazgo político, quizá me quedaría con su disposición a ayudar. Siempre. En cuanto le llamas, te contesta.

Si la cosa pública fuera una empresa —y en muchos sentidos debería serlo—, José Luis Martínez-Almeida sería un gran director general. Está demostrando que sabe ser firme en su misión de garantizar la prosperidad de Madrid y flexible a la hora de gobernar para todos, y siempre con esa convicción inquebrantable de que no hay bienestar de unos si otros se quedan fuera. Esta es una consigna que vale tanto para la empresa privada como para el país en su conjunto.

En definitiva, creo que Almeida está llamado a ser uno de los alcaldes históricos de la capital por su comprensión del pasado, su visión del presente y su clara concepción del futuro de un Madrid cada día más importante en todos los ámbitos.

Muchos pensamos que la política debería escuchar más a la iniciativa privada, sobre todo en situaciones críticas y excepcionales como la que nos toca vivir actualmente. Los gestores de primer nivel que hay en España, que diariamente han de tomar decisiones difíciles y están acostumbrados a enfrentarse a situaciones de máximo riesgo y tensión, tienen mucho que aportar en la tarea de reconstrucción que debe abordar este país para ser una opción de futuro sólida y próspera para las próximas generaciones. Juntos, política y empresa, seremos más fuertes, rápidos y eficaces para salir de la crisis.

ANTONIO CATALÁN
Fundador de la cadena AC Hotels y
presidente de AC Hotels by Marriott

Mi memoria de un Madrid vacío

La ciudad, gris, se desvanecía desde los cristales de Cibeles. La zona de trabajo de la Alcaldía de Madrid tiene unos ventanales sobre la Plaza de Cibeles. Cada día, por la mañana, me asomaba a las cristaleras, desde las que observaba cómo la ciudad se vaciaba de coches, de turistas, de trabajadores. Algunos días solo los autobuses azules de la EMT circulaban, vacíos, por una de las plazas más concurridas de la capital. Lo que era un signo de tristeza pronto se convirtió en la muestra evidente del cumplimiento del duro confinamiento que todos los ciudadanos estábamos obligados a respetar.

Cuando tomé posesión como alcalde, algunas personas me avisaron de que, durante mi mandato, casi con toda seguridad tendría que afrontar algún tipo de tragedia. Mis antecesores vivieron atentados devastadores, como el del 11-M, incendios de edificios, accidentes terribles de avión... Ahora sé que nadie se puede preparar para una tragedia como la que ha caído sobre la ciudad de Madrid. En cuanto a muertes de personas, la pandemia de la Covid-19 ha supuesto casi un

11-M diario durante semanas. ¿Qué político, qué sociedad, puede permanecer impasible ante semejante situación?

Mi memoria de aquellos días empieza con la visión de Madrid desde los ventanales del Palacio de Cibeles. Desde el primer momento decidí que no solo trabajaría en mi despacho, sino que acudiría a todos aquellos lugares de la capital en los que la presencia del alcalde pudiera ser útil, ya fuera para animar a los servicios públicos municipales, para descargar camiones o, simplemente, para generar confianza. Me vienen a la cabeza los cientos de trayectos que realicé en mi *scooter* por una M-30 vacía y por un sinfín de calles desoladas. Y esa Puerta del Sol desierta salvo por los dos vigilantes de Metro que charlaban en la entrada de la estación. No es exagerado decir que la soledad y el silencio de la ciudad dolían.

Recuerdo que, mientras estaba en la puerta de un centro social, en una de las cocinas improvisadas que se pusieron en marcha para atender a los más necesitados, me emocionaron los gritos de ánimo que los vecinos de los bloques de pisos lanzaban a los de enfrente. Sin ese torrente de solidaridad no habríamos podido dar respuesta a la emergencia social causada por la pandemia: un camión frigorífico cargado de caballas que llegaba desde Murcia; una furgoneta llena de respiradores de última generación donada por una familia de empresarios; el esfuerzo del personal del ayuntamiento por hacer llegar la ayuda como fuera, incluso descargando las cajas de comida de los camiones.

Fueron casi tres meses de trabajo intenso que empezaron aun antes de que muchos advirtieran la gravedad de la situación. Si algo tengo que agradecer a mis concejales y a mi equipo de gobierno es que viéramos tan rápido lo que estaba por venir.

No fue sencillo tomar decisiones en un momento tan cuajado de incertidumbres como aquel, y más aún cuando se trataba de un Gobierno recién llegado. Me refiero, por ejemplo, al control y a la protección de los espacios municipales, o al cierre de parques, bibliotecas, centros culturales, centros de mayores, etc. Intentábamos preparar la ciudad para una situación sin precedentes. ¿Quién no tiene dudas en semejante escenario? Esa primera semana de marzo, fui, junto a Inma Sanz, delegada de Seguridad y Emergencias y portavoz del ayuntamiento, a solicitar información a las autoridades sanitarias de la Comunidad de Madrid. Teníamos claro que aquello era muy serio, pero dar un salto al vacío siempre entraña numerosos riesgos. De aquellos días aprendí que en ocasiones es necesario tomar decisiones rápidas y que la sociedad recibe y asume los mensajes, por duros y difíciles que sean, si los responsables públicos somos capaces de explicar sin tapujos en qué consisten y por qué los enviamos.

A lo largo de la crisis he leído y analizado datos, informes, noticias en los medios de comunicación… Los servicios del ayuntamiento transmiten información, pero las cifras siempre son abstractas y era necesario bajarlas al terreno de lo real. Un lunes por la mañana (23 de abril) fuimos a visitar el Palacio de Hielo. Unos días antes, Inma Sanz me había dicho: «Alcalde, tienes que verlo». Y allá fuimos, atravesando ese doloroso Madrid vacío al que empezábamos a acostumbrarnos. En la puerta del Palacio de Hielo nos recibió un capitán de la Unidad Militar de Emergencias (UME) con ese uniforme negro tan característico con reflectantes y boina color mostaza. Inmediatamente observé a decenas de técnicos, de soldados, a una patrulla de la Policía Municipal y a un buen número de empleados de funerarias que iban y venían de un extremo a otro del pabellón. Me acompañaban Inma Sanz y Matilde García Duarte, abogada del Estado y coordinadora general de la alcaldía, cuyo trabajo a lo largo de todos esos meses fue infatigable y ejemplar.

Allí, sobre la pista blanca y destellante, había un montón de filas de goma negra sobre las que se habían colocado 480 ataúdes de madera barnizada. El silencio era sobrecogedor. Unas lonas comerciales del Día del Padre y de la Navidad cubrían aquel descorazonador depósito de cadáveres. Y bajo ellas, los cuerpos de cientos de padres, madres, hijos, abuelos, y, en definitiva, seres queridos. Todos con sus vidas dispares, sus ilusiones, sus miedos y sus almas.

Contemplábamos aquel desolador cuadro cuando apareció un hombre de unos cuarenta años que llevaba un libro entre las manos. Saludó con un movimiento de cabeza y se dirigió, rápido y silencioso, al centro de la pista de hielo. Sacó su estola y su breviario y empezó a rezar.

El frío me caló los huesos. Una persona de mi equipo me acercó un anorak azul, el dispuesto para señalar al alcalde en las emergencias. Alguien debió de hacerme una foto sin que yo me diera cuenta, porque he visto esa imagen en muchas ocasiones en distintos medios de comunicación y en las redes sociales.

Una vez en el exterior del Palacio de Hielo, un tímido rayo de sol iluminó la calle. Inma y Matilde seguían arrebujadas en sus abrigos y yo mismo me sentía incapaz de sacar las manos de los bolsillos del anorak. Se nos había helado el alma. Las cifras habían adquirido realidad, una realidad gélida y escalofriante. Para gobernar, gestionar y administrar, además de datos es necesario tener una percepción adecuada de lo que sucede, por muy doloroso que sea.

La pandemia de la Covid-19 nos ha traído un tiempo nuevo y no hay manual de instrucciones para afrontarlo. Por eso, en aquel momento, era necesario saber dónde estábamos, sentir el golpe que miles de madrileños han recibido y tomar conciencia de la tragedia personal, humana y económica que llenaba las calles vacías y extrañamente hermosas de Madrid. No cabe la menor duda de que esto tendría consecuencias políticas.

El equipo de gobierno lo tuvo claro desde el primer día: semejante tragedia debíamos afrontarla juntos. Recuerdo las caras de preocupación de los portavoces de la oposición en el ayuntamiento durante la larguísima mañana del viernes 12 de marzo. Marta Higueras, Pepu Hernández, Pedro Fernández —en sustitución de Javier Ortega Smith, enfermo de coronavirus—, se reunieron con Begoña Villacís, Inma Sanz y conmigo. Luego comparecimos juntos y leímos la declaración institucional acordada con la que pretendíamos transmitir a los madrileños que sus representantes políticos sabíamos que no les podíamos fallar. Posteriormente seguimos hablando y reuniéndonos, muchas veces por videoconferencia, por teléfono, por WhatsApp... Y hemos seguido contándonos, compartiendo y pensando juntos.

¿Un nuevo tiempo político? ¿Una nueva forma de hacer política? Pues no lo sé. Es pronto para hacer balances, sobre todo en estos días de septiembre en los que seguimos batallando contra el virus y sus consecuencias. Lo que sé es que de aquel encuentro nació un impulso político en el que todos los miembros del pleno del ayuntamiento de la capital éramos conscientes de la necesidad urgente de llegar a acuerdos. Todos sabíamos que Madrid sería diferente de lo que pensábamos, de lo que proyectábamos e incluso de lo que alguna vez prometimos que sería.

Muchos me preguntan cómo ha sido posible crear este clima político en una ciudad como Madrid, cómo partidos y portavoces tan dispares como los que estamos en el ayuntamiento hemos logrado ponernos de acuerdo en una situación tan extrema. Estoy seguro de que es la consecuencia lógica y, sobre todo, lo que merecían los madrileños tras estos meses de sacrificio, lágrimas, dolor y, en muchos casos, ruina.

Pero pusimos el listón aún más alto y decidimos que los acuerdos debían ser por unanimidad. Durante un mes hubo afanosas, largas y complicadas reuniones en el viejo y precioso edificio de la Plaza de la Villa, en el Patio de Cristales, donde —ironías de la vida— apenas unos días antes de la pandemia había pronunciado un discurso costumbrista y guasón con motivo del Entierro de la Sardina. Y así, en el Salón de Plenos anexo al Patio de Cristales, con la máxima solemnidad posible, los portavoces de los partidos que están representados en el ayuntamiento de la capital —ya con Ortega Smith recién salido del hospital—, firmamos los «Pactos de la Villa».

A menudo me preguntan si no me he derrumbado en alguna ocasión, si no he tenido momentos de debilidad. Seguramente sí, pero estos han quedado sepultados por la infinidad de ejemplos de coraje, esfuerzo y sacrificio que veía cada día en la ciudad. Fueron estos ejemplos los que me han empujado a hacer mi trabajo con más ánimo y determinación.

No soy adivino y no sé qué nos deparará el futuro. No cabe duda de que vienen tiempos muy duros, los más difíciles de nuestra historia reciente. Pero precisamente nuestra historia nos enseña que hemos sabido salir de situaciones enormemente complicadas gracias a la fuerza de todos y al entendimiento entre diferentes. Ambos son imprescindibles para la convivencia y para crear un futuro como nación y como sociedad.

Como alcalde de Madrid, me ha tocado vivir un tiempo que no era el que esperaba. Es pronto para saber si para bien o para mal. Lo que sí sé es que deseo cumplir con las exigencias máximas de este tiempo. Madrid y los madrileños no merecen menos.

José Luis Martínez-Almeida
Alcalde de Madrid

Introducción
Por todos

El estado de alarma concluyó el 21 de junio de 2020. En esos tres meses de emergencia sanitaria provocada por la Covid-19 hubo un amago inicial de rectificación política nacional, que duró un instante en comparación con la eternidad de las semanas de confinamiento y de luto. La pandemia está dentro de nosotros e imaginamos que, de una manera o de otra, a todos nos ha transformado un poco. En aquellos días, bajo la creciente sensación de pérdida, a pesar de que no hemos visto en su crudeza la tragedia, la Política con mayúsculas, la que se hace en las Cortes Generales, no estuvo a la altura de los representados. Este libro nace de esa decepción, y también de la esperanza en que hay espacio para la política entendida simplemente como el buen hacer para el servicio público. Estamos convencidas de que, en el anonimato de esa otra España, que no es la España de Madrid que acumula los *flashes* informativos, hay muchos otros héroes y alcaldes que merecerían que su nombre ocupara un sitio en estas páginas. No están, pero deberían, porque lo que nos animó a escribir este libro transciende los apellidos del personaje y las siglas de su partido: fue elegido simplemente como símbolo, al menos durante esos meses del primer «golpe» traumático de la pandemia, de que en la tragedia puede haber espacio para que el político ejerza el liderazgo que se le supone, demuestre su capacidad de trabajo, su empatía con las víctimas y despliegue una constante presencia pública para informar o levantar el ánimo de sus ciudadanos.

Belén es una amiga enfermera que aguantó todo el confinamiento en primera línea en el Hospital Universitario Infanta Leonor, en el deprimido barrio madrileño de Vallecas. Tuvo la suerte de no ser tocada por el virus. La vida sigue para todos y hay que vivir y ser más fuertes, pero para ella, igual que para tantos otros, esta situación nos acompañará siempre. Belén vive sola, y en aquellos meses esa soledad era absolutamente insoportable porque, cuando llegaba a casa, sin tener con quién hablar, en su cabeza solo se movía el dolor que había estado manejando durante todo el día y que no era capaz de dejar atrás. A ella la reubicaron para canalizar la relación con los familiares, asistir en esos últimos momentos en los que tenía la sensación de que su llamada era para ellos como el aviso de que habían sido condenados a pasar por el paredón. No es posible escuchar el testimonio de quienes gestionaron de verdad el drama sin que se te salten las lágrimas. Esas lágrimas que Belén derramó aquellos días por maridos, esposas, hijos y amigos de sus enfermos. Dicen que siempre hay que extraer algo positivo de todo, pero es muy posible que Belén no pueda hacerlo. Y como ella, muchos de nosotros.

Aquí contamos la historia de un político que no iba para político, que acertó al tomar unas decisiones contrarias a las que debería haber tomado en el orden estructural de su organización política, y que consiguió unir el aplauso sin distinciones de colores de partido en los peores momentos que ha vivido España desde la Guerra Civil. Es una reivindicación de la política por y para el bienestar colectivo, con las sombras que deja el futuro incierto que se abre con las nuevas responsabilidades orgánicas que el alcalde de Madrid ha asumido como portavoz nacional de su formación política.

Pero el retrato es la fotografía hasta el momento, y tumba, además, algunos de los clichés que encapsulan la política de trincheras en la que nos movemos. Confesamos que primero nos vino la idea de unirnos para escribir algo juntas. Son muchos años de mano a mano en la sombra en el análisis de la actualidad política y sentíamos que nos faltaba este paso. Enseguida elegimos el motivo y también el nombre de José Luis Martínez-Almeida como hilo conductor. En los días de trabajo durante el confinamiento, cuando la maquinaria de la redacción seguía funcionando con precisión a través de un grupo de WhatsApp y de las reuniones en Teams, el drama sanitario se imponía sobre el ruido político, y en este empezó a desentonar el discurso de Almeida porque, como comentábamos entonces entre nosotros, él sí parecía que entendía lo que estaban viviendo los ciudadanos.

Seguro que —como es nuestro caso— para muchos de los lectores que tengan padres ya mayores que viven cerca, el confinamiento estuvo lleno de idas y venidas para llegar al descansillo de sus puertas y dejarles la compra en la entrada.

Esas miradas desde la distancia estaban llenas de dudas y de miedos, que las dos partes intentábamos disimular. Como también lo debieron de sentir quienes se miraban a través de una pantalla. A nosotras nos costó perder el miedo a entrar de nuevo en nuestras casas con toda la liturgia profiláctica que no hemos sido capaces de abandonar en la relación con nuestros mayores por el miedo a la enfermedad. Pero tuvimos suerte, si se puede llamar así ante la desgracia ajena, porque cada día conocíamos a vecinos, amigos y compañeros que habían sufrido el golpe del virus en sus abuelos o en sus padres. Y en la presión de ese clima de dolor, cuando hacíamos el inventario de los temas del día y «pinchábamos» en lo que había dicho o hecho el alcalde de Madrid, nos dábamos cuenta de que él también iba y venía para llevar la compra a personas queridas.

En los trayectos que recorríamos, y también en los aplausos desde los balcones de esos barrios que no están entre los etiquetados como mayoritariamente conservadores, constatamos, además, la transversalidad que caracteriza a un político al que la mayoría no conocía antes de su irrupción en el drama del estado de alarma.

Pero, aun con todo esto, el proyecto no se explica sin alguien más, una amiga, una hermana, una muy buena periodista curtida en la política de Madrid, que vio venir a Martínez-Almeida antes de que nadie se fijara en él. A Pau le caía bien sin ser de sus siglas. Su «chulería», sus maneras de barrio y su carácter iban con ella. Y, aunque pueda parecer anecdótico, quizá eso fue la razón más determinante para que él fuera la vía elegida para defender esa política de servicio público que se engrandece cuando menos sometida está al beneficio de unas siglas. Y que necesita de «seres con luz», como defiende la socialista Mercedes González, para que pueda ser útil a los ciudadanos y para comprender mejor a los que sufren.

Por Pau.

1
El héroe que emergió de la pandemia

El madrileño Palacio de Hielo guarda en sus entrañas el dolor del primer golpe que nos asestó la pandemia de la Covid-19 y se ha convertido en un símbolo nacional del sufrimiento que tantas familias españolas han tenido que soportar en silencio y en soledad. Para el alcalde de Madrid y para la mayoría de las autoridades que lo visitaron, este pabellón de la muerte probablemente encarna lo peor de lo sucedido en los últimos meses en nuestro país.

El frío, los cientos de cadáveres apilados, el olor... En la primera oleada de la pandemia, el Palacio de Hielo llegó a almacenar cerca de quinientos cuerpos. Con un plástico negro se cubrió el suelo para que la madera no tocase el hielo, y dos grandes lonas publicitarias, de la Navidad y del Día del Padre, se desplegaron para proteger la intimidad de los muertos. A la izquierda, nada más entrar, se apilaban los ataúdes vacíos, los repuestos para que la comitiva que entregaba los nuevos cadáveres se llevara el mismo número de féretros sin ocupar para evitar el desabastecimiento de cajas mortuorias.

En el interior, el único movimiento era el de la guardia de soldados, todos fajados para soportar el peso de los cuerpos. Y, una vez al día, un sacerdote avanzaba hacia el centro de la pista de hielo y rezaba en la más absoluta soledad. La organización reclutó a cinco oficiantes para que se repartiesen los días de la semana porque pronto quedó claro que uno solo no era capaz de soportar tanta tensión emocional.

En un orden perfecto, los féretros se colocaban por filas y eran clasificados por números y letras. Los soldados de la Unidad Militar de Emergencias (UME) impusieron la disciplina y el orden castrense para responder a unas incineradoras saturadas. En el Palacio de Hielo se esperaban cuatrocientos cuerpos al día, a los que hay que sumar los cadáveres que se almacenaban en el Palacio de Hielo de Majadahonda y en el Instituto Anatómico Forense. Lo mismo ocurría en las ciudades más afectadas por la pandemia.

Las situaciones excepcionales pueden hundir al político o elevarle hasta niveles nunca soñados por su equipo de comunicación. José Luis Martínez-Almeida consiguió avanzar por esa segunda senda y, casi de un día para otro, en el momento más duro de la crisis sanitaria, el «alcalde gamberro» se convirtió en el «alcalde de España».

El fin de semana anterior a la declaración del estado de alarma Martínez-Almeida tenía programado un viaje a París que se anuló en el último momento. Aquel sábado acudió al partido de fútbol del Atlético de Madrid contra el Sevilla. La sensación de que, justo después del domingo 8 de marzo, Día de la Mujer, se producirían movimientos políticos importantes flotaba en el ambiente. En la agenda del lunes 9 figuraba un acto con trabajadores autónomos, al que estaban convocados el presidente del Gobierno, Pedro Sánchez; la presidenta de la Comunidad de Madrid, Isabel Díaz Ayuso, y el alcalde de la capital. Entonces corrió el rumor de que Sánchez mantendría una reunión privada con Ayuso, otra señal de que algo «muy gordo» se estaba preparando.

A partir de ahí todo empezó a precipitarse, bajo el vértigo que producía ver que la situación desbordaba las capacidades de las instituciones, incapaces de responder a las necesidades de los ciudadanos. Sin apenas competencias en la gestión de esta catástrofe, la pandemia «coronó» a Martínez-Almeida, sacándole de la confusa estrategia con la que empezó su mandato. Por puro instinto político, el alcalde supo «oler» el estado emocional de la ciudad.

Madrid es la zona cero. Es una ciudad castigada, dolorida, que no ha podido coger de la mano a sus enfermos ni despedirse de sus muertos. Y quien se ganó a su grupo municipal, a su militancia y al electorado de la derecha con un discurso «chuleta», cañero y bronco, aunque muy hábil dialécticamente, emergió como el político capaz de ofrecer soluciones —aunque careciera de medios y de competencias—, así como de entenderse con ministros y con los miembros de la oposición. Y lo hizo multiplicando los actos y la presencia en la calle, mientras los líderes nacionales seguían peleándose en el Congreso de los Diputados. Esta es la historia de quien ha sabido alzarse sobre todo lo que le rodeaba, tanto dentro como fuera de su propio partido.

La investigación confirma que la situación en la semana previa a la declaración del estado de alarma fue caótica. El

Gobierno desconocía el terreno que pisaba y las demás administraciones estaban sin guía y sin capacidad para valorar el alcance de la crisis a la que debían hacer frente. Todo estaba fuera de control. Los ciudadanos percibíamos un lío descomunal que no era más que la antesala de la guerra contra un enemigo desconocido e invisible que estaba a punto de declararse. Se nos había anunciado que pasaríamos días malos, pero también se nos dijo que pronto llegaría un armisticio. Aquella gripe un poco más virulenta de lo normal que algunos predijeron provocó el caos en las administraciones municipales, e incluso las delegaciones del Gobierno de las principales ciudades españolas iban a ciegas y se vieron obligadas a recurrir a las «gargantas profundas» de los servicios de emergencia para obtener un retrato aproximado de la tragedia que se avecinaba.

La conversión del «macarra»

José Luis Martínez-Almeida llevaba nueve meses en el cargo, pero seguía actuando como el líder de la oposición que, contra todo pronóstico, había conseguido sortear todos los obstáculos que el destino le colocó en el camino. En los medios de comunicación su nombre aparecía vinculado a frases polémicas —del gusto del votante más derechizado del PP—, como la que le soltó a Javier Ortega Smith durante una discusión en el minuto de silencio en el Ayuntamiento de Madrid (en septiembre de 2019) por el último crimen machista producido en la capital: «Yo tampoco comparto la ideología de género ni el feminismo del 8-M, pero eso no quiere decir que se puedan colocar dos pancartas distintas». Vox boicoteó el acto con un cartel que rezaba: «La violencia no tiene género. Contra todo tipo de violencia intrafamiliar». «Esto es una realidad traumática. La primera causa de muerte en Madrid, y me gustaría que me hubieses comunicado que venías con una pancarta», le reprochó el alcalde a Ortega Smith. Vox ha puesto la llamada «ideología de género» en el centro de la diana para ganar apoyos por la derecha del PP con un debate que, por cierto, antes de que el partido de Santiago Abascal irrumpiese en la escena pública, apenas tenía recorrido.

Almeida también copaba titulares por otras declaraciones polémicas, que eran utilizadas por la izquierda para generar controversia e intensificar la polarización política, como las que realizó durante un encuentro con escolares. Uno de los estudiantes le preguntó que, si tuviera que elegir entre la catedral de Notre Dame, que acababa de sufrir un devastador incendio, y la selva del Amazonas, donde las llamas amenazaban con arrasar miles de hectáreas de Brasil, Bolivia y Paraguay, para donar dinero, por cuál se decantaría. El alcalde apostó por la catedral francesa, uno de los símbolos más representativos de París, un espacio dedicado al culto católico e inmortalizado en obras literarias como *Nuestra Señora de París,* de Victor Hugo. Tras el lío que sus palabras provocaron, Martínez-Almeida precisó que había dicho aquello porque «quería provocar y hacer pensar a los niños».

Durante los primeros meses en el cargo, su actuación estuvo marcada por un registro claramente ideologizado dirigido a mantener un tenso pulso con la izquierda; esa misma izquierda con la que, meses después, firmó uno de los primeros pactos anti-Covid del país. Sin embargo, en aquel momento el alcalde dijo que envidiaba el «tiempo libre» de los activistas de Greenpeace que cortaron uno de los accesos de Madrid Central justo cuando el nuevo ayuntamiento del PP levantó las sanciones por circular en el área restringida. También mantuvo que ETA y Esquerra Republicana utilizan medios diferentes para conseguir los mismos fines: «Esquerra no pretende utilizar los métodos de ETA, pero la finalidad de ETA era romper la Constitución, la unidad de la nación española y la convivencia. ¿Alguien duda de que los que han dado un golpe de Estado pretenden también romper la Constitución, la unidad de la nación española y la convivencia entre españoles?».

Mucho dio que hablar la entrevista que *Vanity Fair* publicó en el mes de diciembre de 2019. Llevaba ya seis meses en el cargo, pero su discurso adolecía de toque institucional y recordaba en exceso al que empleaba cuando intentaba darse a conocer entre sus votantes y entre la opinión pública durante la campaña electoral: «No tengo ningún complejo a la hora de defender los principios y las convicciones del PP, y eso a mucha gente de la izquierda, e incluso de Vox y de Ciudadanos, les sorprende». La entrevista dio otros titulares, como «los insultos de Bardem y Wyoming me hacen sentir orgulloso», o «cuando me nombraron alcalde, pensé que algo me iba a pasar, un atentado o que se caiga un edificio…».

La colección de frases polémicas es larga: «En los últimos años, el "Orgullo LGBT" ha pasado de ser una fiesta de inclusión a una fiesta de exclusión de aquellos que no piensan como ciertas personas»; «el Falcon [el avión presidencial] perjudica la calidad del aire de Madrid»; «Esto empieza a parecerse al dúo Pimpinela [refiriéndose a la relación entre Pedro Sánchez y Pablo Iglesias]»; «Es posible que Sánchez e Iglesias compartan habitación [por la reunión del presidente del Gobierno con sus ministros en Quintos de Mora]», o «No hay nadie que haya mentido más en menos tiempo y a más gente que Sánchez».

Era portavoz municipal cuando encontró en las gafas del presidente del Gobierno la vía para dar recorrido mediático a sus palabras. Así, en un pleno municipal afirmó que «[Sánchez] es un hortera de medio pelo venido a más», frase que, junto con otras muchas del mismo estilo, llevó a la oposición a calificarle de «brillante», «sarcástico», «capaz», «rápido» o «malvado».

En diciembre de 2019, durante la comida de Navidad del PP, la actuación del alcalde de Madrid no pudo ser más «macarra»: «Pablo [Casado] arriesgó. Al final nombró a un estúpido candidato a la Alcaldía de Madrid... Y tiene su riesgo nombrar a un estúpido como candidato, aunque al final salió bien [...]. Cuando todos nos daban por muertos y se disponían a enterrarnos, supimos aguantar con el fundamento de nuestros principios, nuestras fortalezas y nuestras convicciones». Y concluyó: «En Madrid lo que tiene cabida son estas Navidades. El marco de la izquierda siempre me deja asombrado porque parece ser que lo increíble es que el alcalde de Madrid ponga la bandera de España en el belén de Centro, y que, sin embargo, el trastero de Barcelona deba ser lo más moderno del mundo para celebrar la Navidad. Igual que me asombra que nos pregunten qué estamos haciendo con estas Navidades. Hemos organizado unas Navidades normales, porque poner luces, poner belenes y celebrar el nacimiento de Jesucristo, y no el solsticio de invierno, es lo normal».

Su principal acierto durante la tragedia de la pandemia de la Covid-19 ha sido el de saber recomponer y reforzar la figura del político, entendido este como alguien que está al servicio de todos los ciudadanos y no solo de sus votantes. Es mucho más fácil hacerlo desde el Gobierno que desde la oposición, pero, aun así, es necesario tener buenos reflejos para adaptarse a las circunstancias.

La corona de laurel se la puso definitivamente el expresidente del Gobierno Felipe González en una entrevista en el programa *Más de Uno,* de Onda Cero. Carlos Alsina le preguntó por la gestión de Martínez-Almeida y el expresidente respondió destacando su «humildad» y su «capacidad» para estar «al pie del cañón». En muchas ocasiones, los elogios del adversario pueden llevarte más de entierro que de boda, pero los riesgos se limitan bastante cuando las flores caen de una voz retirada de la primera línea de la política. Más excepcional aún fue el reconocimiento que en pleno estado de alarma le mostraron todos los exalcaldes de la ciudad. La iniciativa del apoyo conjunto, a través de Onda Madrid, surgió de Juan Barranco, regidor socialista entre 1986 y 1989.

Del «carapolla» al «tú eres necesario»

El martes 10 de marzo, cuatro días antes de que el Gobierno decretase el estado de alarma, tuvo lugar una primera reunión del alcalde con el consejero de Sanidad de la Comunidad de Madrid, Enrique Ruiz Escudero, y con Inma Sanz, la mujer que centralizó el dispositivo que se activó en el primer consistorio de España y la responsable de la campaña de Martínez-Almeida al ayuntamiento de la capital. Zamorana, pero muy curtida en la política madrileña —fue directora general de Coordinación de Dependencia y de Relaciones con la Asamblea de Madrid durante la Presidencia de Esperanza Aguirre—, Sanz es la delegada del Área de Gobierno de Seguridad y Emergencias, y fue la llave que le permitió a Almeida acceder a la información que salía del circuito de los servicios de emergencia.

Durante la crisis sanitaria, los ayuntamientos han estado desarmados. Sus competencias han sido básicamente sociales —las «colas del hambre»—, por lo que sus competencias se limitan a la gestión de la emergencia social, de movilidad y medio ambiente. Así que poco podían hacer con los ciudadanos confinados en sus domicilios. Sin embargo, el «Almeida, carapolla», uno de los motes que triunfó en las redes sociales, consiguió que la gente le gritara desde sus balcones: «Alcalde, todos somos contingentes, pero tú eres necesario». Ya por entonces la oposición le reconocía que, «si no se equivoca», podría acabar ganando las próximas elecciones por mayoría absoluta. En la construcción de este personaje en ascenso hay una parte impostada, que no le sale de natural, pero ha llegado para quedarse, porque Almeida se ha dado cuenta de que este es el camino correcto para ampliar su base electoral.

El barro le sirvió para ser el «alcalde por accidente», pero quienes se mueven a su alrededor en el ayuntamiento no le veían bajando de nuevo al lodo, o, al menos, no al mismo lodo que pisó antes de la pandemia. Como consecuencia de su buena gestión, en septiembre de 2020 Pablo Casado le nombró portavoz del PP, destino que ha abierto nuevos interrogantes sobre su capacidad para mantenerse fuera del barrizal.

El Ayuntamiento de Madrid se adelantó en varias ocasiones al Gobierno central cuando aún no se había decretado el estado de alarma. La Junta de Gobierno de la capital fue la primera en cerrar todas las instalaciones públicas que dependían del consistorio y que no formaban parte de los servicios sociales básicos, como los centros para personas sin hogar. El primer ayuntamiento de España se vació de trabajadores, se optó por el teletrabajo y sobre la marcha se improvisó un nuevo orden para atender las inercias básicas —como el pago de las nóminas— e impulsar las primeras iniciativas fiscales para hacer frente a las consecuencias del confinamiento.

El 11 de marzo, en la sede de la Comunidad de Madrid de la Puerta del Sol, se celebró un acto —muy restringido por el miedo a la pandemia— para homenajear a las víctimas de los atentados terroristas de 2004. El alcalde leyó lo que está escrito en la placa: «En agradecimiento a los madrileños por la ejemplaridad que siempre han demostrado en las situaciones más complicadas». Sus colaboradores recuerdan que, cuando terminó el acto, Almeida dijo que la situación a la que se enfrentaban en ese momento era una prueba de fuego que les obligaba a estar a la altura del pueblo madrileño. El cambio de registro estaba en marcha y de improviso Almeida se convirtió en un alcalde cercano, dialogante, un vecino más que, sin avisar, visitaba al personal del Samur, a los bomberos, o que se detenía a hablar con los taxistas. En los momentos más difíciles de la pandemia, Martínez-Almeida descargó cajas de alimentos en la parroquia de San Pedro Regalado, en Puente de Vallecas, y en Valdebebas, dos de los barrios más castigados de la capital. Los madrileños valoraron muy positivamente su implicación directa y su cercanía, y todos aplaudieron el gran lazo negro que desde el 23 de abril luce en el arco central de la Puerta de Alcalá. Todos los grupos municipales participaron en el acto y en el minuto de silencio, lo que Almeida valoró como «un mensaje de unidad de todos los grupos municipales del Ayuntamiento de Madrid y un reflejo de la voluntad de seguir trabajando todos juntos».

El 17 de abril, José Luis Martínez-Almeida y Rita Maestre, la portavoz de Más Madrid, dieron un ejemplo de responsabilidad institucional, en la línea de lo que pedían —y siguen pidiendo— los principales agentes económicos del país. Estas fueron las palabras de Maestre:

> Nosotros vamos a hacer lo que creemos que debe hacer cualquier oposición en una circunstancia como esta: predicar con el ejemplo. Y esto significa partir de la confianza sincera en que vosotros y vosotras queréis acabar con la crisis cuanto antes, en que el alcalde está comprometido con reducir el dolor de la pandemia en su ciudad, y es una confianza sincera que tenemos los diecinueve concejales de Más Madrid, y por eso nuestro apoyo a las medidas que vayáis tomando será total. Y habéis hecho un esfuerzo por no enrarecer más el ambiente con la política de las salidas de tono, de las descalificaciones y los brochazos, y yo creo que ese esfuerzo es especialmente visi-

ble en el alcalde, lo reconocemos y lo agradecemos. A ver si dura después de que se levante el confinamiento.

El acta municipal recoge la respuesta del alcalde:

> Agradezco el tono de la señora Maestre. Estamos en las antípodas ideológicas, pero hoy nos acerca la humanidad, nos acerca saber y ser conscientes de que tenemos un objetivo común, puede que por distintos caminos y por diferentes medios, pero tenemos un objetivo común. Nosotros estamos abiertos a los acuerdos, a caminar juntos, a que desde nuestras diferencias podamos conseguir ese objetivo común que estoy seguro de que todos compartimos en estos momentos. Por eso reitero el ofrecimiento y la mano tendida, hemos tomado nota de todas las propuestas y sugerencias, y nos comprometemos como Gobierno municipal a dar respuesta a cada una de las propuestas que se han hecho y en un tiempo razonable. A convocar a todos los grupos municipales para redibujar el Madrid del futuro que en estos momentos no existe tal y como lo conocíamos, y que tenemos que recuperar y redibujar ese Madrid del futuro, o reconstruir, en los términos que ha dicho la señora Maestre, y esto va a exigir el mejor esfuerzo de todos, pero ese esfuerzo debe partir de que tenemos un objetivo común y, a partir de ahí, poner lo mejor de todos nosotros.

El archivo municipal guarda durísimos choques entre el alcalde y la portavoz de Más Madrid —«compórtese, señora Maestre, que no está usted en una capilla»—, pero este gesto de mano tendida de uno y otra conectó con el drama que estaban viviendo los madrileños en sus casas.

Todos estos pasos le llevaron a centrar su discurso y a abrirse a la oposición, hasta el punto de que, supuestamente, algún miembro de la cúpula nacional del PP llamó al Ayuntamiento de Madrid para pedir «más caña». Oficialmente, las dos partes lo niegan, pero todos sabemos que esos toques de atención se producen y suelen ser efectivos, a no ser que el político «reprendido» tenga vida propia...

Los hechos confirman que Martínez-Almeida entendía que en aquel momento tocaba hacer otra cosa para «estar a la altura» de los ciudadanos. Así, una de sus primeras decisiones fue mandar a Inma Sanz a hablar con la oposición. El director general de Emergencias, Enrique López Ventura, le abrió los ojos al alcalde cuando, tras hacer una ronda por los hospitales, le dijo: «Aquí va a haber veinte mil muertos». «Serán dos mil», le corrigieron algunos. Desgraciadamente, lo que entonces sonó a hipérbole terminó quedándose corto. López Ventura, un referente clave en la gestión de la crisis sanitaria por parte del alcalde, es bombero de formación, y su perfil técnico —experto en emergencias— permitía pensar que su oscuro presagio no iba mal encaminado.

El liderazgo en política se mide por la capacidad de anticiparse a los acontecimientos y de adaptarse a ellos. La política clásica encierra una rabiosa modernidad, y mejor les iría a muchos líderes si no se saltasen los consejos básicos del pequeño manual electoral de Quinto Tulio Cicerón, una carta que dirige a su hermano mayor, Marco Tulio, cuando este se presentó como candidato a cónsul de Roma. Entre sus consejos están los siguientes: «Asegura a la gente común que siempre estarás de su lado [...] porque es vital que utilices todos tus recursos para llegar a una audiencia lo más amplia posible»; «Debes ser un camaleón, adaptando el mensaje a cada persona», y «Lo más importante es dar esperanza a la gente y generar sentimientos bondadosos hacia tu persona».

El 10 de marzo, a las redacciones de los medios de comunicación llegó la imagen de una primera reunión de trabajo de todos los grupos políticos del ayuntamiento para analizar la situación generada por la pandemia y proponer medidas para evitar los contagios. De aquel encuentro salió una declaración institucional consensuada con todos los grupos, el primer paso del pacto histórico para reconstruir la ciudad tras la pandemia que los portavoces de los cinco grupos que están en el ayuntamiento —Más Madrid, PP, Ciudadanos, PSOE y Vox— sellaron el 7 de julio. Un total de 352 medidas se incluyeron en los «Pactos de la Villa» gracias a que los partidos aparcaron sus diferencias para diseñar el Madrid pospandemia. Y pidieron que se hiciera lo mismo en el resto de las instituciones. El estancamiento de la política para salir de las inercias pre-Covid permitió que una simple foto fuera valorada como un hecho histórico, aunque no hubiera garantías de que el acuerdo acabe desarrollándose.

Vox y Más Madrid posaron juntos en el Salón de Sesiones de la Casa de la Villa. Primero se firmó el texto del acuerdo y después, en un pleno extraordinario, la oposición expuso lo acordado. El alcalde de Madrid recurrió a Antonio Machado para situar a la capital como pionera de un diálogo que se reclamó que tuviera réplica en el Congreso o en la Comunidad de Madrid. ¿Qué hizo posible ese acuerdo? Según explicó el alcalde, «Madrid es el rompeolas de todas las Españas.

El ejemplo de que se puede llegar a acuerdos en beneficio de todos por un imperativo ético, el de la memoria de las víctimas del coronavirus en la capital».

Antes de que se firmase aquel pacto, el viernes 13 de marzo, el presidente del Gobierno hizo una declaración institucional para anunciar el decreto del estado de alarma en todo el país, que entraba en vigor a partir del domingo 15, después de la reunión extraordinaria del Consejo de Ministros del sábado. Para entonces, la pandemia se había cobrado la vida de al menos 121 personas, según los datos oficiales, con más de 4.231 contagiados. En aquella jornada, la Comunidad de Madrid también anunció que el sábado cerraban todos los establecimientos de la región, salvo farmacias y supermercados. Y en esa misma línea fueron avanzando las demás autonomías. A última hora de la tarde del viernes, Quim Torra ordenaba el confinamiento de toda la Comunidad de Cataluña.

EN MOTO «OFICIAL»

Antes de que se oficializase el estado de alarma, en el despacho de Martínez-Almeida se celebró una reunión estratégica para decidir qué papel debía adoptar el alcalde cuando el país se parase. Se trataba de elegir entre confinarse y dar ejemplo, o echarse a la calle y estar al lado de los sectores básicos que no podían parar su actividad. Si entramos en el campo de la mercadotecnia política, la efectividad —la virtud, que dirían los clásicos— está en el punto medio: es malo quedarse corto, pero peor es pasarse. En el equipo de Almeida no hay ningún gurú de la comunicación política; no hay ningún Miguel Ángel Rodríguez, ideólogo del expresidente José María Aznar y su secretario de Estado de Comunicación, que aconseja a la presidenta Díaz Ayuso. En el ayuntamiento se lo guisan y se lo comen en casa —o eso dicen—, y sobre la gente que da ideas desde fuera, «casi mejor que estuviera callada porque no le han pillado el punto».

En aquel debate estratégico se optó por la segunda vía, de modo que el equipo del alcalde se puso manos a la obra para diseñarle una agenda «bipolar». Por la mañana, actividades públicas (bomberos, emergencias, hospitales...), y por la tarde, trabajo en casa. En la más estricta soledad. Almeida está soltero. En Cibeles también mantuvo un retén de mínimos: su secretaria y Joaquín Vidal, coordinador del Gabinete de Prensa de la Alcaldía de Madrid, un fichaje que viene del diario digital *Moncloa.com.*

El confinamiento de los periodistas veló las imágenes de Martínez-Almeida subido a su moto —con sus escoltas también en moto— recorriendo de arriba abajo la ciudad en una actividad frenética ligada principalmente a las emergencias. Y, por supuesto, también en moto, el fotógrafo y su hombre de prensa. Los profesionales de los servicios de emergencia fueron sus ojos y le permitieron conocer de primera mano la dimensión real de la tragedia. En este sentido, la ayuda de Inma Sanz fue fundamental y aportó la base para construir el discurso de responsabilidad con el que Almeida focalizó la atención mediática, el apoyo político y el aplauso de los ciudadanos.

El ayuntamiento también quiso desempeñar un papel clave a la hora de adquirir material sanitario, sobre todo mascarillas para la Policía Municipal, los servicios sociales y de emergencias. Las gestiones —con éxitos y fracasos— se realizaron más discretamente que en el caso de otros Gobiernos autonómicos. En la capital no se hizo de este asunto una batalla política contra el Gobierno de Sánchez. Otro sello propio del alcalde. Oficialmente, la responsabilidad de las compras fue de la subdirectora general, Elena Collado, y como le ocurrió al Gobierno y a todas las comunidades autónomas, la adquisición de material sanitario acabó en esa suerte de «mercado persa» en el que un avión cargado de mascarillas terminó siendo requisado en Londres. Otro hizo escala en Etiopía y no había manera de que continuara su trayecto, aunque, finalmente, los suministros llegaron. Incluso se enviaron policías municipales de paisano a Zaragoza, aeropuerto en el que aterrizaban los Boeing, para que escoltaran a los camiones con el material hasta Madrid. Los agentes no tenían competencias, pero el simple hecho de que estuvieran ahí solo para seguir el rastro de la compra de mascarillas es un síntoma claro de hasta qué punto el virus lo había desquiciado todo. Nadie se salvaba del pirateo. En los canales oficiales se impuso la ley del silencio, aunque en el éxito de estas adquisiciones de material fue decisiva la ayuda de Rafa Medina, hijo de Nati Abascal y fundador de la firma Scalpers, cuyos contactos en el mercado textil chino fueron muy útiles. Fue él quien impulsó la ayuda, pero su papel ha sido enormemente discreto, como el de tantos otros empresarios que han sido decisivos para sortear la carencia de equipos de protección durante la pandemia. En este sentido, los nombres de Amancio Ortega y José María Álvarez-Pallete destacan de manera especial, pues gracias a sus contactos en China se pudo acceder a unos recursos a los que el Gobierno de España no era capaz de llegar.

La primera señal positiva en medio de la tragedia llegó el 6 de abril, cuando la banda de la Policía Municipal acudió al hospital de La Paz a homenajear a los sanitarios interpretando el famoso *Resistiré* a la hora de los aplausos. El director médico del hospital explicó a la comitiva del alcalde que seguían «hasta arriba», aunque «esto ya no es igual, empezamos a ver la luz»... La semana siguiente, en el hospital 12 de Octubre, la directora médica comunicó que estaban listos para iniciar el proceso de desescalada.

Las decisiones más difíciles fueron las primeras que hubo que tomar. Y sucedió en todas las administraciones. No existían precedentes y nadie sabía cómo ajustar la estructura por todos conocida a un escenario dominado por la hecatombe. Cuando se levantó el estado de alarma, Martínez-Almeida quiso romper la soledad del confinamiento al lado de los bomberos, en un almuerzo en un sótano lleno de mesas y sillas de plástico en la Dirección General de Emergencias de la Casa de Campo. Fue su primera reunión social en varios meses y la organizaron Enrique López Ventura y sus ayudantes. La comida la preparó un chico marroquí, el mismo que durante el confinamiento entregaba a los bomberos una especie de menú de emergencia que él cocinaba. Al alcalde, que, según cuentan, es bastante «rarito» con la comida, el menú le encantó. Aquel almuerzo fue un desahogo ante las penurias provocadas por la pandemia y la falta de material sanitario, ya que los asistentes se encargaban de organizar y suministrar el almacén del Plan Territorial de Emergencia Municipal del Ayuntamiento de Madrid (PEMAM).

José Luis Martínez-Almeida ofreció el mismo discurso cuando estalló la crisis por la Covid-19 que cuando se levantó el estado de alarma. Y su comportamiento fue coherente con sus palabras. La izquierda le aplaudió por ello. «Hay que dar una imagen de unidad desde las instituciones. Los llamamientos a remar en la misma dirección son compatibles con exigir responsabilidades en el futuro», dijo el alcalde. El 22 de junio, en una entrevista con Carlos Alsina en Onda Cero, el periodista le preguntó: «No sé qué le hace más ilusión, si el elogio de Felipe González o el de Belén Esteban ["¿Sabéis el único que me ha dado confianza? Almeida, el alcalde de Madrid"]. Tiene usted un abanico amplio de seguidores, pero tampoco le voy a poner en el compromiso de responderme». El alcalde de Madrid contestó: «Pues desde el punto de vista político, el de Felipe; desde el punto de vista humano, el de Belén. Dejémoslo ahí».

2
Un candidato para un partido deprimido

El Comité Electoral Nacional del PP está convocado a última hora de la tarde para designar oficialmente al candidato a la Alcaldía de Madrid. Son las cinco y media del viernes 11 de enero de 2019. El elegido aún no sabe nada. Suena su teléfono móvil y en la pantalla aparece el nombre de María Pelayo, directora de Comunicación del Partido Popular y amiga personal de José Luis Martínez-Almeida: «Dime tu fecha de nacimiento. No podemos hablar más». La llamada termina sin más explicaciones mientras la tarde avanza sin que lleguen más noticias que las que ofrecen los informativos de la televisión. Algunas fuentes de Génova le confirman como candidato a la alcaldía de la capital, pero otras no lo dan por seguro. Depende del canal que se sintonice. Así empieza una parte de la historia de quien ha acabado convirtiéndose en el «alcalde de España».

Aquel viernes, 11 de enero, era el día de la verdad. De Martínez-Almeida dicen que es de los que siempre piensan que «por qué no me va a salir bien la carambola». Es decir, es un político confiado que se muestra ajeno a la etiqueta de «candidato accidental» que le colgaban los medios de comunicación y muchos de sus compañeros de partido. Esta autoconfianza es una marca de carácter —en política y en lo personal— que ayuda a sobrevivir. Sobre todo cuando eres el más pequeño de seis hermanos y, además, bajito, menudo y con gafas. En ocasiones, es en lo anecdótico donde se encuentra eso que forja la esencia de un hecho.

Pepito, como le llaman en casa —ahora «tío Pepito» por aquello de los sobrinos—, podría reflejarse en la imagen de ese niño débil, un poco *outsider,* que parece ser un imán para los ataques de los que hoy se reivindican como los «populares» del instituto, es decir, los capullos de toda la vida. Tenía todas las papeletas para ser el que siempre recibía más capones en el autobús escolar, como relatan sus hermanos, o más zancadillas en el patio. Pero él no se achicaba, como ese gato que para hacer cara al dóberman se pone a dos pies y bracea para ver si de ese modo logra distraer al contrario. Nunca ha tenido complejo por su físico.

El clan del jefe

La noche anterior (jueves, 10 de enero) Almeida calentó sus nervios en una cena informal celebrada en su casa con varios miembros de la «cuadrilla» que le acompaña desde hace más de quince años. En dicha cena no estuvieron, pero en este grupo de afines están dos mujeres, funcionarias de confianza y buenas amigas, con las que el alcalde mantiene una estrecha relación. Las dos se incorporaron al equipo después del aterrizaje en la alcaldía. Por un lado, Matilde García Duarte, abogada del Estado, compañera de promoción y, en la actualidad, coordinadora general de la alcaldía. «Mati» es para Almeida lo que Soraya Sáenz de Santamaría fue para Mariano Rajoy. En el día a día controla la parte administrativa de la alcaldía.

La otra persona es la arquitecta Ana de Miguel, que trabaja a su lado desde la etapa pleistocénica que los dos pasaron en Patrimonio Histórico, cuando Esperanza Aguirre era presidenta de la comunidad. Ana es la jefa de gabinete, orienta el trabajo del alcalde y es una de sus personas de confianza.

La trayectoria de los equipos del alcalde de Madrid confirma que Martínez-Almeida es de esos jefes muy «de clan», siempre fiel a las mismas personas, donde tener en el currículum el título de abogado del Estado te da un plus determinante. El ambiente de su despacho parece sacado de una película americana: buen rollo, plantillas lineales, trabajo colaborativo… Almeida sería como un Michael Scott (protagonista de la serie *The Office*) a lo «chulapo», ese personaje tan singular que, a simple vista, parece el jefe que todos querríamos tener y, a la vez, la peor pesadilla de cualquier empleado. La frase icónica de Scott: «¿Que si prefiero que mis empleados me teman o me quieran? Pues me gustaría que tuvieran miedo de lo mucho que me quieren», es un resumen perfecto de cómo el alcalde de Madrid gestiona la relación con sus colaboradores.

A su lado también están los bautizados como «los hermanos Dalton». El apodo se lo colocó la portavoz de Más

Madrid, Rita Maestre, pero ha sido asumido por ellos mismos, que reconocen que siempre acaban tomándose «la penúltima» juntos. En este grupo se encuentra Borja Fanjul, presidente del pleno municipal, primer presidente discapacitado porque un accidente de tráfico le obligó, hace más de veinte años, a usar una silla de ruedas para moverse por culpa de una lesión medular. En la foto de los «hermanos Dalton» también hay que colocar a Álvaro González López, titular del área delegada de Vivienda, cuyo currículum en cuanto a experiencia municipal recuerda a la infinita lista de los Reyes Godos. Tiró por la Biología hasta que los escándalos de corrupción del Partido Socialista, en los años de Filesa y los Gal, le llevaron a afiliarse al PP. En la postal de la «banda» también aparecen, y en una posición centrada, Borja Carabante, que se encarga del área de Medio Ambiente y Movilidad, y Almudena Maíllo, responsable de Turismo, que ha entrado en el círculo de las personas de confianza del alcalde gracias a que en su día se conocieron a través de su marido, amigo de Martínez-Almeida, y, por supuesto, de la «casta» de los abogados del Estado. No puede faltar, aunque sea en una esquina, Paloma García Romero, responsable de Obras y Equipamientos, quien, como los demás «hermanos Dalton», posee una amplia experiencia de gestión a sus espaldas.

En un satélite alrededor de ese «jefe Scott» del ayuntamiento madrileño se cuela el nombre de Inmaculada Sanz, una especie de Wonder Woman, portavoz, directora de la campaña y directora del dispositivo que se activó durante la pandemia de la Covid-19. Sanz fue una figura clave en la buena gestión que hizo el equipo municipal ante el primer golpe del virus, que nos condujo al estado de alarma y al duro confinamiento. Y no puede quedarse fuera Ángel Carromero, coordinador de la alcaldía y uno de los «puentes» con Pablo Casado, de quien es buen amigo. Carromero tiene fama de ser capaz de conseguirte todo lo que le pides; no preguntes cómo ni de dónde lo saca, pero acaba haciéndolo. Su cara se hizo conocida entre la opinión pública por el accidente de coche que sufrió en Cuba, en el que murieron dos disidentes cubanos y que ocasionó un conflicto diplomático. Carromero sostuvo que no fue un mero accidente. La derecha vio una «mano negra» de la dictadura cubana y el PP convirtió a Carromero, que llegó a pasar un par de meses en una cárcel de la isla, en uno de sus símbolos en la lucha contra el régimen castrista.

El principal referente femenino del alcalde es su madre, que merece capítulo aparte, pero en su equipo las mujeres tienen una fuerza determinante, tanta que, en una lectura superficial, podría chocar con algunos clichés ideológicos. Teóricamente, y asumiendo el mensaje simplista de la izquierda, si eres conservador tienes que ser antifeminista. Y es que una parte de la derecha ha ayudado a que la izquierda se apropie del «feminismo», que debe ser de todas y todos, ya que, según define la Real Academia Española, es «un principio de igualdad de derechos entre el hombre y la mujer». Pero Almeida puede combatir la ideología de género y, al mismo tiempo, retratarse con «sus mujeres», sus compañeras políticas, en una mesa redonda al estilo de Arturo y sus caballeros. Así lo hizo con motivo del Día Internacional de la

Mujer, mostrando claramente en aquella imagen con quién comparte el mando. En una foto de su Instagram se le ve con María Concepción Rodríguez (Conchita), su secretaria, heredada de Aguirre, que le acompaña desde que ejercía de concejal en la oposición en 2015; con Mati García Duarte, con Inma Sanz, con María Pelayo, con Ana de Miguel y con Marta Jiménez-Quesada, jefa de Protocolo y con tanta autoridad que Almeida no acude a ningún acto sin haber recibido su visto bueno.

La llamada de Casado

En la sátira de Luis Noriega titulada *Donde mueren los payasos,* se retrata un hipotético país corrupto en el que un payaso, Cucaracho, toma el poder y convoca elecciones. En ese delirio narrativo, la política es un circo donde las fuerzas políticas compiten por ver quién presenta al candidato más payaso. Todo suena a gamberrada, a exageración, a distopía, pero nos invita a reflexionar sobre el lugar hacia el que se dirigen hoy los liderazgos políticos, en un mundo en el que los equipos encargados de las redes sociales tienen más poder e influencia que el discurso mejor trabajado y honesto pensado por el *think tank* del gabinete. Así, en esta política efervescente, la norma es que haya cada vez más profesionales que buscan el voto, y que el currículum importe cada vez menos. En efecto, la credibilidad de la palabra es menor que el golpe de efecto en Twitter.

En realidad, ni en el fondo ni en la forma, Martínez-Almeida cumplía con los mínimos exigibles para superar los listones en los que hoy se basa el manual del buen político. Fallaba la estética, la popularidad y el padrinazgo político. Al contrario de lo que se ha dicho, Almeida no es un hombre de Pablo Casado, y su historia es más una mezcla de buenas carambolas y de una notable intuición política, que le han permitido sacar provecho de las peores situaciones. Por lo general, las crisis revelan las mayores mediocridades políticas, pero también pueden hacer brillar liderazgos que habían quedado ocultos tras el esquema que marca nuestra actualidad crepitante y ruidosa. Es posible que explosionen y que se desvanezcan poco después, pero eso es algo que solo puede decidirlo el tiempo.

En la mañana del 11 de enero, Martínez-Almeida intenta pasar las horas de espera acercándose a la sede del grupo municipal. El paseo ha sido corto y vuelve a casa para almorzar una hamburguesa que ha pedido a domicilio. Almeida no pasa mucho tiempo en la cocina. Sin hijos y viviendo en la casa de sus padres de toda la vida, que ha comprado a sus hermanos, no sabe cocinar más allá de un huevo frito. Sus amigos siguen bromeando a costa de los ocho kilos que engordó cuando estuvo destinado como abogado del Estado en Girona, donde su menú diario consistía en patatas y huevos fritos y, a veces, una hamburguesa. Cuando se repartieron los dones, él llegó tarde a la adjudicación del culinario, un hecho empírico que todos los que le conocen señalan.

Génova, sometida a una enorme presión tras el desastre de las elecciones generales de noviembre, anunció que el 11 de enero, en plena resaca navideña, abriría los sobres de los «premiados» con las candidaturas para unas elecciones autonómicas y municipales en las que el PP se jugaba seguir siendo o dejar de ser. Más que deshojar la margarita, la elección de los candidatos por Madrid fue para Pablo Casado como deshojar un rosal sorteando las espinas. Pero todo llega, y Casado, entrada la tarde de aquel viernes, recién aterrizado en Madrid tras un viaje por Asturias, llamó a Martínez-Almeida y resolvió el misterio con muy poca poesía: «Vas a ser el próximo alcalde de Madrid», le dijo. No hubo muchas más palabras, las justas para convocarle a una reunión inmediata en la sede nacional del partido para oficializar la decisión. Cuando Almeida descolgó el teléfono para atender al líder nacional, lo primero que sintió fue una angustia infinita, aunque durara apenas unos segundos, porque tenía miedo de que Casado le dijera: «Gracias por haberlo intentado, pero no ha podido ser». De ese temor le había hablado aquel mismo día a una buena amiga, pese a que en aquel momento las apuestas a su favor se habían disparado. Almeida lo veía tan negro que, a lo Calimero, le dijo: «Esto va a ser como la Champions; la voy a perder en el minuto noventa y dos», refiriéndose a la final de la Liga de Campeones del 24 de mayo de 2014, cuando su querido Atlético de Madrid perdió contra el Real Madrid en el tiempo de descuento.

La llamada de Casado puso fin al secreto con el que las direcciones de los partidos, ya sean de derechas o de izquierdas, intentan proteger sus decisiones de las filtraciones. Sin embargo, en este caso el silencio también se debía a las dudas del presidente del PP, que incluso llegó a «coquetear» con la empresa de cazatalentos por la que Esperanza Aguirre fichó tras abandonar la Presidencia de la Comunidad de Madrid. Martínez-Almeida lo había apostado todo a ser el candidato a la alcaldía de la capital y era consciente de que para llegar al consistorio tendría que remangarse y ganarse a la militancia y a la estructura orgánica municipal.

Cuando se habla con sus amigos y con sus colaboradores, da la impresión de que todo le ha resultado bastante fácil. Quienes trabajan con él, e incluso muchos de sus adversarios, le definen como un político ágil, brillante, el típico listillo, el colega que sin demasiado esfuerzo gana de calle y disfruta mientras pelea por alcanzar sus objetivos. Almeida es un vividor nato y su filosofía política se ajusta al principio de que hay que salir al «partido» a divertirse, porque lo importante, la vida, está fuera.

Pablo Casado se jugaba en Madrid su ser o no ser en las elecciones autonómicas y municipales de mayo de 2019. El PP había sufrido un fuerte varapalo en las generales del mes de abril, en las que cayó hasta los sesenta y seis escaños, y Casado había heredado un partido sin banquillo que ni siquiera controlaba orgánicamente. Tan solo le quedaba la carta territorial. El PP madrileño estaba manchado por los diferentes casos de corrupción, por lo que la opción de Almeida como candidato a la alcaldía de la capital era para Casado un as en la manga. Hubo quien medió para convencer al líder del PP de que su «hombre» en el Ayuntamiento de Madrid era Martínez-Almeida, como Ángel Carromero, María Pelayo o David Erguido, que sí estaban próximos al círculo de Casado. Erguido fue uno de los primeros «casadistas» y formó parte de su núcleo duro en las primarias. En el verano de 2019, el PP lo envió a la Cámara Alta como senador por designación autonómica, es decir, dentro del grupo elegido por los partidos y no votados directamente por los ciudadanos en las urnas. Erguido no forma parte del actual equipo municipal y ha sido investigado por la Fiscalía Anticorrupción por supuestas corruptelas en cinco municipios y dos entidades de la Comunidad de Madrid. Su imputación le obligó a dimitir.

Una elección por descarte

Con los «héroes por accidente» sucede que, una vez que no se estrellan —que es lo que todos pensaban que ocurriría—, todo el mundo dice eso de que «a este chico yo lo vi primero». La líder de la oposición socialista andaluza, Susana Díaz, podría decirlo de Pedro Sánchez, pero sería mentira, como tampoco se ajusta a la realidad el relato que dice que Casado siempre tuvo claro que en Madrid se la tenía que jugar con el jefe de la oposición municipal heredado de Esperanza Aguirre.

El partido buscaba un candidato con un perfil similar al de Marcos de Quinto, el exejecutivo de Coca Cola al que Albert Rivera fichó para dar lustre a su campaña, aunque los resultados no acompañaron. La cúpula del PP fantaseaba con encontrar un «galáctico» y tardó bastante tiempo en darse cuenta de que al galáctico lo tenían en la cantera. Fue así, por descarte, como Almeida se cruzó en el camino del nuevo líder del partido, que también llegó a la Presidencia del PP por accidente y que necesitaba extender a las candidaturas de Madrid la renovación que prometía llevar a cabo. Casado ganó el congreso del PP de la sucesión de Mariano Rajoy gracias a la guerra abierta entre María Dolores de Cospedal y Soraya Sáenz de Santamaría, y el hoy alcalde se impuso como candidato porque lo que había a su alrededor era tierra quemada. Podría decirse que tanto Casado como Martínez-Almeida llegaron a sus respectivos cargos por eliminación.

Génova también hizo sus estudios de campo para tantear al electorado madrileño y se filtraron nombres de presuntos *tickets* intercambiables entre el ayuntamiento y la comunidad autónoma. Ahí se metió al exministro Jaime Mayor Oreja, referente de los Gobiernos de Aznar, de quien llegó a decirse que era la primera opción de Casado. Otros nombres que se barajaron fueron el de Isabel García Tejerina, exministra de Agricultura y Pesca con Mariano Rajoy; María San Gil, expresidenta del PP vasco y un claro referente del «aznarismo»; la exvicepresidenta del Gobierno Soraya Sáenz de Santamaría, e incluso Cayetana Álvarez de Toledo, que acabó siendo portavoz del PP en el Congreso hasta que Casado se vio obligado a cesarla porque su personalismo se había convertido en una bomba de relojería interna y externa. En la lista de candidatos también figuraban independientes, como el economista Daniel Lacalle.

Se trataba de aparentar que Casado contaba con un banquillo sólido, pero la verdad es que no había nadie que tuviera opciones reales de llegar a la alcaldía de la capital. Por eso, en las crónicas del momento, Martínez-Almeida comenzó a aparecer como el único disponible. Los nombres que aparecían en las quinielas se vinculaban a José María Aznar o a Mariano Rajoy, continuando con ese maniqueísmo con el que carga el PP desde que Aznar contribuyó a dinamitar su propio plan de ganar con Rajoy las elecciones generales de 2004 por su forma de gestionar la masacre terrorista del 11-M.

En enero de 2019, la posición de Casado en el PP era de extrema debilidad. Había salido derrotado en las urnas y ni mucho menos tenía el control total del partido, si bien es cierto que había hecho un primer asalto con las listas al Congreso y al Senado. Cuando se presentó al cónclave de la sucesión, su objetivo era simple: posicionarse en la lucha entre las dos «mantis» que Mariano Rajoy había alimentado para protegerse a sí mismo, y recibir una cuota de representación que le permitiera ser decisivo a la hora de resolver la disputa entre los «cospedales» y los «sorayistas».

Como suele decirse, la vida está llena de sorpresas y, contra todos los pronósticos, a Casado le cayó como premio el partido de Rajoy, aunque también heredaba las fuertes debilidades que padecía en la mayoría de las organizaciones territoriales a causa de los numerosos casos de corrupción y del abandono de una dirección más preocupada por los pulsos dentro del Gobierno que de atender las necesidades de las estructuras autonómicas y municipales.

Para las decisivas candidaturas de Madrid, Pablo Casado preguntó a muchas personas y analizó sondeos —más cualitativos que de nombres—, aunque la situación tenía pocas salidas. Los precedentes han demostrado que los fichajes «de fuera» nunca han funcionado bien en Madrid. Eso de traer a alguien ajeno al partido regional, que ha sido ministro o que ha tenido un peso en la política nacional, lo han hecho los socialistas en varias ocasiones y nunca les ha salido bien, ni siquiera con nombres tan respetados como el de la exministra Trinidad Jiménez o el del excatedrático y exministro de Educación Ángel Gabilondo.

Casado necesitaba a alguien que representara la renovación del partido, un nombre alejado de los protagonistas de los escándalos que habían asfixiado al PP madrileño y que diera estabilidad a una organización regional en la que las «familias» de Esperanza Aguirre y de Cristina Cifuentes todavía aspiraban al poder.

El sueño del «galáctico» fracasó porque cada vez hay menos profesionales de la empresa privada dispuestos a «mancharse» con la política. Además, la candidatura que se ofrecía venía deslucida por el reciente pasado del PP madrileño y por las pobres expectativas electorales. Por eso, aunque la dirección del PP lo niegue bajo juramento bíblico, la realidad es que Martínez-Almeida ganó porque Casado no tenía otro candidato.

La desconfianza de los propios

El perfil «gris» de Almeida ofrecía la ventaja de que ya estaba al frente de la oposición en el ayuntamiento y de que no tenía ningún vínculo con las tramas de corrupción que se desarrollaron bajo las faldas del «aguirrismo». Y eso que él venía precisamente de ahí. El principal inconveniente era que no le conocía nadie y que no contaba con un perfil mediático que facilitase su campaña publicitaria. Por supuesto, fuera del PP se le consideraba un candidato perdedor, pero es que incluso dentro del partido hubo quien le enterró antes de medirse en las urnas. Mucho se habló sobre si necesitaba una campaña de imagen, si debían ponerle alzas, como a Sarkozy, y otras frivolidades que para los que viven de la mercadotecnia política resultan decisivas porque por ello cobran.

Tantas eran las dudas que dentro del cuartel de Génova se podía escuchar cómo tachaban de error el que no buscaran a alguien con más impacto, más conocido, capaz de tapar las debilidades en el liderazgo de Casado. Se podía notar la inquietud por no ser capaces de hacer que cuajara ninguna otra opción y que no hubiera más remedio que decantarse por el líder «circunstancial» de la oposición en el ayuntamiento. Pero Almeida ya se había construido una imagen de político bronco y efectista en el cuerpo a cuerpo con la izquierda gracias a su rapidez y a su brillantez dialéctica, un estilo que nada tiene que ver con el que le hizo crecer en popularidad durante la crisis sanitaria provocada por la pandemia de la Covid-19.

Con esas cuestionadas credenciales concurrió a unas elecciones en las que él mismo era el único que creía en sus posibilidades de reconquistar una alcaldía dominada por la figura de Manuela Carmena. El PP de Madrid no se había recuperado de la pérdida del ayuntamiento y temía seguir pagando en las urnas el coste del desgaste de sus siglas nacionales por la gestión de Rajoy y por las facturas que ellos mismos adeudaban por los casos de corrupción. Y, por si fuera poco, Carmena era un tótem que asustaba al PP de las mayorías absolutas.

Ahora muchos dirán que sabían que Almeida era una apuesta ganadora, pero en aquellas semanas previas a las elecciones autonómicas y municipales no había almuerzo o conversación informal con dirigentes del PP en los que no saliese a relucir el tema de las candidaturas de Madrid y en los que el político encuestado no dejase ver su desconfianza, mezclada con cierto ninguneo, hacia los nombres elegidos por el líder nacional.

La campaña electoral estuvo dirigida a visualizar a ese jefe de la oposición municipal que resultaba desconocido incluso para una parte de la «parroquia» de los populares. Al principio, en la calle nadie se le acercaba, quizá «uno de cada cien», como reconocen varios miembros de su equipo. Pero fueron pasando los días y las cosas empezaron a mejorar, al menos lo suficiente como para que el saludo de los madrileños le permitiera creer en sus posibilidades. En los ayuntamientos, sin una mayoría absoluta en el pleno que vote a favor de un alcalde, sale elegida automáticamente la lista más votada, pero ninguna encuesta colocaba al PP en esa posición. El CIS electoral del mes de mayo decía que Manuela Carmena sería alcaldesa con el apoyo del PSOE. La encuesta afirmaba que Más Madrid ganaría las elecciones municipales con el 28 por ciento de los votos y que el PSOE vencería en las autonómicas con el 22,4 por ciento, de modo que Ángel Gabilondo podría gobernar con el apoyo de Podemos y Más Madrid.

La complicada campaña municipal la centralizó Inma Sanz. Una mujer discreta, absolutamente leal y muy trabajadora, las tres virtudes de la pócima perfecta en política justo por su escasez. Las rebajas fiscales, las llamadas a la movilización y la visita a los distritos fueron los ejes principales de la actividad electoral del candidato, pero Inma encontró un buen filón en la estrategia de acercar al político desconocido en su faceta más «gamberra» y personal a través de los ojos de sus familiares, de sus antiguos profesores o de sus compañeros en la oposición en el Ayuntamiento de Madrid.

Los profesionales del *marketing* electoral desplegaron en esta campaña municipal un tratado de lo que verdaderamente funciona, porque no toda la pirotecnia sirve. Del candidato al que se vio limpiando grafitis supimos por boca de una de sus sobrinas que el primer pañal se lo había puesto al revés, o que es un sufridor con los partidos de su Atleti y que cuando el equipo tiene un partido complicado prefiere irse al cine y enterarse después del resultado.

Su amiga María Pelayo también fue determinante en el éxito de la carambola que llevó a Almeida a la Alcaldía de Madrid. Pelayo era su jefa de prensa en la oposición municipal, antes de que Ángel Garrido se la «robara» durante su interinidad al frente de la Presidencia de la Comunidad de Madrid y antes de que Casado la pusiera al frente de su campaña para la sucesión de Mariano Rajoy. Fue ella quien ideó ese plus de actividad en las redes que hizo virales los vídeos del candidato «macarra» y «jeta»; cafeína pura para revitalizar los ánimos de una derecha herida en su orgullo tras caer de la cima madrileña en la que se sentían como los reyes del Olimpo. En esta ofensiva en las redes subió como la espuma el «zascómetro», que consistía en rescatar las partes más duras de los enfrentamientos de Almeida con Carmena, presentarle como el gallo de pelea que cerca a la «abuela» en los plenos municipales y, posteriormente, difundir los vídeos masivamente entre la militancia. El objetivo era simple: recuperar el «orgullo PP». Y fue un éxito que Almeida le debe a su amiga María Pelayo.

La elección de Isabel Díaz Ayuso como candidata a la Presidencia de la Comunidad de Madrid se lee dentro del partido como una jugada de carácter orgánico, esto es, la designación que hace el líder con pies de barro para protegerse si vienen mal dadas. La designación de Almeida es otra cosa. La lealtad a Casado no elimina su vida propia, como lo demostró en la gestión del estado de alarma, y tiene recorrido para consolidarse —si quiere— como otro verso suelto en la historia del PP madrileño. Pero con una diferencia sustancial sobre los precedentes: no hay discrepancias intencionadas ni mediáticas, y su lealtad está fuera de toda duda.

En el PSOE también hicieron una lectura equivocada cuando pensaron que el PP, con sus candidatos, salía en Madrid, como mucho, a empatar. Los socialistas estaban convencidos de que, sin un candidato «galáctico», los populares no lograrían nada en la capital, y aunque es cierto que los resultados del PP no fueron buenos, no midieron bien la fuerza de la alianza del centro-derecha. Ayuso no ganó las elecciones autonómicas; lo hizo el candidato socialista, Ángel Gabilondo. Y en la capital tampoco se impuso la lista del PP, que se quedó con el menor número de concejales de su historia, quince, seis menos que en los anteriores comicios, siendo Más Madrid la fuerza más votada, con diecinueve concejales. Aun así, Almeida hizo una buena campaña. Partía desde abajo, pero tuvo el acierto de aplicarse el consejo del todopoderoso guardia de palacio de Esperanza Aguirre, Ignacio González, un hombre con un gran instinto político, aunque la mezcla de «negocios» y política acabara con su carrera en el barro. Ese consejo no era otro que «céntrate en tu electorado», y Almeida lo hizo. Primero tuvo que ganarse el apoyo de la mitad de su grupo municipal, luego fue a por la militancia y, por último, a por los votantes.

La suerte comenzó a trabajársela cuando era portavoz de Urbanismo, etapa que le ofreció la oportunidad de iniciar una curiosa amistad con su *alter ego* socialista, Mercedes González Fernández, a quien hoy considera de su familia. Es una relación curtida en el mano a mano de los debates municipales. Ella era de las de estudiárselo todo; él, de salvar las situaciones con el esfuerzo justo, con «jeta» y con el don de la soltura en la oratoria. La hija de Mercedes le llama «tío Pepito», y en su casa la socialista tiene enmarcada la foto en la que la niña posa con el bastón de mando, al lado del alcalde, el día de su toma de posesión, el 15 de julio de 2019. Tras cuatro años de gobierno de Manuela Carmena, el PP recuperó el bastón de mando de la capital gracias a un acuerdo *in extremis* con Ciudadanos y Vox.

La relación entre la socialista Mercedes González y Martínez-Almeida es muy especial. Se hicieron buenos amigos desde la competencia y estando en las antípodas ideológicas. Ella es muy de izquierdas y él, muy de derechas. Sin embargo, sus diferencias no han impedido que triunfe lo humano y han sido capaces de construir ese apego tan único que explica que

«Joselu» fuera de las primeras personas a las que la socialista llamó para desahogarse cuando tuvo un grave problema personal. Es la amistad del café, porque antes de las comisiones de Urbanismo siempre se tomaban uno juntos. Y ahí empezó todo, en ese entorno en el que Almeida siempre «picaba» a Mercedes bromeando sobre la intensa preparación con la que la portavoz socialista acudía a los debates.

«Tendemos la mano a sus diecinueve concejales y a sus quinientos mil votantes, señora Carmena. Porque nosotros sí queremos un Madrid de todos», dijo el alcalde al final de su discurso de investidura. No es casualidad que saliera el nombre de Carmena, una mujer que llegó a la alcaldía gracias a una buena estrategia comunicativa. Los ataques sin complejos de Almeida a la «abuela de las magdalenas» fueron bestiales, lo que, por cierto, no ha impedido que Carmena fuera una de las voces que se sumó al coro de apoyos que le elevaron a los altares durante la pandemia. «Has asumido esa función de director y buen capitán», dijo la excaldesa al hombre con el que tuvo encontronazos épicos. En realidad, Carmena le permitió ser el dóberman en el que necesitaba convertirse para ganarse a su partido.

En este relato no hay justicia si no se reconoce que para que Martínez-Almeida llegara al Palacio de Cibeles, después del peor resultado electoral del PP, fue clave la habilidad para liar al contrario de Teodoro García Egea, secretario general del partido y mano que meció la cuna de los pactos autonómicos y municipales que le regalaron siete nuevas vidas al líder nacional. García Egea tiene numerosos adversarios dentro y fuera de su organización, pero en la jugada de las alianzas territoriales con Ciudadanos y Vox no hay nadie que no le reconozca que se las «metió dobladas» a los negociadores de estas dos formaciones. El PP cogió oxígeno y, pese a haber perdido seis concejales y haber ganado en solo seis de los veintiún distritos de la capital, Martínez-Almeida pudo formar Gobierno con el apoyo de los naranjas y de la formación de Santiago Abascal. En aquella noche electoral, Casado dijo que era el principio de la «remontada», ya que sus apuestas personales habían logrado cortocircuitar los Gobiernos de izquierdas en Madrid.

3
El ascenso de un «técnico»

José Luis Martínez-Almeida y su pareja electoral en las elecciones de mayo de 2019, la actual presidenta de la Comunidad de Madrid, Isabel Díaz Ayuso, están encasillados en el imaginario popular como representantes de un mismo universo político. Sin embargo, pertenecen a dos galaxias distintas tanto en lo personal como en la manera de ejercer la política.

Almeida es de familia bien, ligada a la abogacía, con una brillante oposición en la mochila y mucha experiencia en la gestión pública y en la trastienda política. Llegó a trabajar con el actual ministro de Inclusión, Seguridad Social y Migraciones, José Luis Escrivá, en la Autoridad Independiente de Responsabilidad Fiscal (AIReF). Por su parte, Díaz Ayuso es periodista y trabajó —al igual que Almeida— a las órdenes de la expresidenta madrileña, la «jefa», Esperanza Aguirre. Afiliada desde 2005, se ocupó de la dirección de las redes sociales del partido y de la campaña digital de Cristina Cifuentes de 2015, y desde esas funciones más administrativas fue escalando hasta alcanzar la Portavocía adjunta del Grupo Parlamentario Popular en la Asamblea de Madrid y la Viceconsejería de Presidencia y Justicia.

El alcalde de Madrid tiene una familia que parece sacada del *¡Hola!* Todos están muy bien situados y mantienen una buena relación. Por educación comparten unos principios familiares y unos valores marcados por sus profundas convicciones católicas, que actúan de fuerte argamasa. Parecen perfectos. Armoniosos.

Díaz Ayuso es una mujer hecha a sí misma y carece del cobijo de una familia donde todo fluye y parece fácil. Incluso lo ha pasado mal por los problemas económicos y personales de sus padres. Ayuso ha vivido más que Almeida. Se independizó muy joven y está divorciada. Almeida ha vivido siempre rodeado de su familia, no tiene pareja oficial conocida, aunque corrió el rumor de que se echó novia poco después de estrenarse como alcalde.

El entorno construye el carácter, y dos microclimas opuestos han dado lugar a dos personalidades muy distintas. Ni eran amigos ni formaban parte del mismo círculo político antes de que Casado los colocara en la misma bandera electoral. Sus relaciones son profesionalmente buenas, pero desmienten ese tópico de que los dos son la continuidad del PP «duro» con el que se simplifica todo lo que ocurre dentro del partido.

El «chico» gana al «pata negra»

La primera gran oportunidad política de Martínez-Almeida llegó cuando comenzó la última caída de Esperanza Aguirre, después de que en las elecciones municipales de 2015 el PP se precipitara en el abismo de la oposición. En aquellos comicios, el PP iba muy apurado electoralmente por los escándalos de corrupción, pero el traspiés definitivo se produjo cuando se filtró la declaración de la renta de 2013 de la candidata popular. De manera inmediata, los *trackings* del PP de Madrid comenzaron a temblar ante el desplome que detectaron en la intención de voto y, en efecto, la noche electoral confirmó que se quedaban a un concejal de la mayoría absoluta. Sin haberlo visto venir, a pesar de las alarmas, el invencible PP de la todopoderosa Aguirre se encontró en la bancada de la oposición del principal ayuntamiento de España, uno de sus mayores símbolos de poder, y perdido en la tarea de cómo repartirse comisiones en lugar de cargos de Gobierno.

El candidato «por accidente» a la Alcaldía de Madrid decidió jugar esta batalla y, una vez allí, y contra todos los pronósticos, le ganó la partida a la mano derecha de Esperanza Aguirre, a todo un «pata negra» como era Íñigo Henríquez de Luna, el portavoz adjunto y principal apoyo de la «lideresa» en la parte final de su carrera. En el último momento, Almeida se convirtió en el rival inesperado en la disputa por la Portavocía del grupo municipal. Henríquez de Luna perdió y acabó marchándose a Vox después de treinta años de militancia en el PP.

De Almeida también dicen que es de los que se trabajan la suerte. En la mitología de la antigua Grecia, la suerte de las personas —y de los dioses— dependía del destino, ese poder sobrenatural, inevitable e ineludible que regía la vida humana. En el caso de Almeida, la suerte se la debe agradecer a su habilidad de palabra, a su rapidez y a su intuición, pero también al carácter, a ese buen rollo que da ser un «tío normal» frente a la imagen de hombre «gris» que tenía en el partido el ayudante de cámara de Aguirre.

Con auxilio de las deidades de la suerte o sin ella, Almeida dejó de ser el número tres de la lista de Aguirre para convertirse en el jefe de la oposición, y la oportunidad le llegó en un momento muy complicado para la organización regional. La política suele ser curva, y el actual alcalde entró en ella de la mano de Esperanza Aguirre. Aguantó en el «nuevo» PP de Cifuentes, pero nunca llegó a renegar del PP de Aguirre; al contrario, siempre la ha tenido como un referente. Y acabó apoyando al PP de Casado en el Congreso Nacional del partido, aunque tampoco estuviese inscrito en el grupo de reconocidos «casadistas».

Jugar a caballo ganador en el Congreso Nacional

¿Por qué Martínez-Almeida apoyó a Pablo Casado en lugar de a Soraya Sáenz de Santamaría? La flamante y poderosa exvicepresidenta del Gobierno era la apuesta más fácil y ponerse de su lado le habría facilitado entrar en el cambalache del que intentaron sacar partido todos los que tenían algún poder orgánico susceptible de someterse a subasta en un proceso congresual inédito para el PP. Todos los congresos de partido acaban en un «mercado persa» —tanto en la «nueva» política como en la «vieja»— en el que «si tanto me das, tanto te ofrezco si gano». Además, Sáenz de Santamaría es abogada del Estado y la afinidad del «linaje» debería haberle inclinado hacia ella. De hecho, la exvicepresidenta contaba con el apoyo del entonces líder de la oposición en el Ayuntamiento de Madrid, pero él no se lo dio. Martínez-Almeida se lo pensó mucho antes de desvelar sus cartas.

La decisión de apoyar a Pablo Casado la tomó casi fuera de tiempo. Jugó a caballo ganador. Podría entenderse que apostó por esa «normalidad» que tanto le ha beneficiado políticamente, pero hay mucho más detrás. La secretaria general del PP, María Dolores de Cospedal, y la vicepresidenta del Gobierno de Rajoy representaban una etapa antigua y Almeida se sumó al grupo de los que creían que esa etapa debía acabar. Su decisión también le colocó a favor de corriente en la organización madrileña, a pesar de que el entonces presidente regional interino, Ángel Garrido, buscara resguardo en la candidatura de Sáenz de Santamaría.

El PP de Madrid era territorio abonado de Pablo Casado, su bastión, y en el proceso sucesorio Almeida intentó nadar y guardar la ropa. Todo su equipo se posicionó desde el primer momento al lado del actual líder del partido, con María Pelayo, Ángel Carromero y David Erguido al frente. Tal y como dicen sus colaboradores más cercanos, Almeida no es un «soldado» de Casado en el sentido más estricto del concepto. Está en su equipo, trabaja con lealtad hacia el presidente nacional —lo confirman en Génova—, pero con la libertad que te da saber que hay mucha vida más allá de la política. Los hechos demostraron que apoyó a sus principales asesores en el grupo municipal para que la campaña de Casado fuese bien, protegiéndoles cuando incluso llegaron a pedirle su cese.

Si eres abogado del Estado y tienes una trayectoria profesional anterior a la política, siempre te resultará más fácil trasladar la imagen de que no necesitas entregar tu alma para seguir comiendo del cargo. La gente de Almeida señala como una virtud su independencia y el hecho de que a su lado no haya nadie que tenga un papel asimilable al de Miguel Ángel Rodríguez, exjefe de gabinete de Aznar y ahora consejero áulico de la presidenta de la Comunidad de Madrid. Almeida no tiene un tótem que le guíe y su equipo funciona más como un *co-working* que como una empresa de «fontanería» —como ocurría con Aznar— o de analistas demoscópicos.

Su papel —y su acierto— en el congreso sucesorio del PP fue el de garantizar unas condiciones de neutralidad y facilitar, como portavoz del partido en el ayuntamiento, que todos los candidatos se reunieran con los concejales del grupo municipal. Repartió juego antes de «mojarse», y la victoria de Casado fue otro golpe de suerte, porque, después de pensárselo mucho, le había señalado como su candidato y porque, además, permitió que su amiga María Pelayo asumiese la Dirección de Comunicación de Génova, un puente de oro para llegar al número uno, es decir, al líder nacional.

Almeida es abogado del Estado desde 2001 y ha ejercido en Gerona, Toledo y Madrid. Su primer puesto institucional fue el de director de Patrimonio Histórico de la Comunidad de Madrid, cargo al que llegó por Esperanza Aguirre. En 2007, la «lideresa» buscaba a un abogado del Estado joven y Almudena Maíllo, que estaba en el gabinete de Presidencia, le habló de Almeida, que entonces tenía treinta y dos años, bien preparado, ajeno a la política, pero «muy del PP». A partir de ahí, siempre bajo la protección de Aguirre, ocupó distintos cargos institucionales de perfil técnico. En 2011 fue nombrado secretario general del Consejo de Gobierno de la Comunidad de Madrid y en las elecciones municipales de 2015 dio el gran paso al entrar como número tres de las listas del PP madrileño.

En aquella época, su conocimiento del ámbito municipal era nulo. La Dirección General de Patrimonio le sirvió a Almeida para acercarse a los alcaldes de los 179 municipios de Madrid, así como a los problemas del territorio y del urbanismo. Por su parte, la Secretaría del Consejo de Gobierno le aportó una visión más global de la política. Martínez-Almeida fue con Aguirre lo que Sáenz de Santamaría con Mariano Rajoy en su Gobierno.

En el «aguirrismo» ascendió, pero nunca se perdió en el punto ciego de la corrupción. En 2012, Esperanza Aguirre realizó la primera de sus tres retiradas de la política cuando, entre lágrimas, dejó su cargo al frente de la Comunidad de Madrid. En 2016 anunció que abandonaba su puesto como presidenta del PP madrileño, y en abril de 2017 dejó todos sus cargos en el ayuntamiento de la capital, el punto y final que se había estado cociendo mientras sus «manzanas podridas» iban cayendo. Fue definitivo el estallido de la «Operación Lezo» y la entrada en la cárcel de su vicepresidente, el «comandante en jefe» Ignacio González.

Martínez-Almeida resultó el gran beneficiado de la tormenta perfecta que terminó con el imperio del Partido Popular madrileño, una vez que los grandes casos de corrupción empezaron a tomar cuerpo en los juzgados. Gürtel, Púnica, Lezo, Ciudad de la Justicia, espías... El dinero fluía. Almeida llegó cuatro años después de que, en el verano de 2003, dos parlamentarios del PSOE, Eduardo Tamayo y María Teresa Sáez, se ausentaran del pleno de la Asamblea en el que el socialista Rafael Simancas iba a ser elegido presidente. Las elecciones tuvieron que repetirse y ganó Esperanza Aguirre, sin que hicieran mella en su contra las acusaciones de la izquierda de haber beneficiado a los dos tránsfugas.

La historia de la política del vicio y de la corruptela permite intuir que hay una fina línea divisoria entre el político profesional, más débil ante la tentación, y el político de vocación. Almeida llegó a la política porque quiso, no porque lo necesitara. Como mano derecha en la AIReF ganaba 140.000 euros al año. En su puesto de 2015, al frente de la oposición municipal, se quedó en los 60.000 euros. Si eres abogado del Estado y te interesa el dinero, parece más fácil, aparte de sensato, orientar tu carrera hacia la empresa privada que meterte en líos de comisiones, sueldos en negro y demás quehaceres de la corrupción política. Aunque la historia guarda también los casos de aquellos que, teniéndolo todo —y esto incluye tener bien llena la cartera—, no pudieron evitar meter la mano en la caja pública para sentir aún con más intensidad el vértigo del poder.

Martínez-Almeida entró en política porque le atraía, una vocación muy condicionada por la influencia de su madre. Podría decirse que la oportunidad le vino de la necesidad de Aguirre de «armarse» con una estrategia que parece inspirada en la del agente Eliot Ness en *Los intocables:* ir a por los recién salidos de la academia, a por los cadetes con buen perfil, para tapar los agujeros negros de su «corte».

Cuando Aguirre dimitió de todos sus cargos en el PP por «no vigilar todo lo que debía» a su sucesor (Ignacio González), Almeida decidió dar un paso adelante y comenzó a plantearse la posibilidad de ser el candidato a la alcaldía en las elecciones de 2019. No era un hombre de partido, ni siquiera sabía dónde se encontraban las sedes del PP, y no contaba con un «aparato» que lo respaldara. Su ilusión de entonces recuerda al David que se cree que puede ganar a Goliat, más aún cuando en el PP nunca se ha votado —votar de verdad— para la elección de un cargo orgánico.

El pacto del Mayflower

Aquello de que «tu carácter crea tu destino» ya lo pensaba Heráclito de Éfeso. Y hay trayectorias que confirman que la manera de ser, de relacionarse y de afrontar las circunstancias de la vida pueden ser determinantes para tener un futuro brillante. En esta historia, el hoy alcalde de Madrid tuvo la osadía de levantar la mano para pedir la vez en una organización política humillada electoralmente y arrasada en su estructura interna. Al heredero de Aguirre, Henríquez de Luna, se le consideraba un ser triste, amargado y con la carga de haber seguido el paso a la «jefa» durante demasiados años. Incluso le apodaron «Charles», por el príncipe Carlos de Inglaterra, que, presuntamente, será adelantado en la sucesión al trono por su hijo Guillermo.

La historia se fragua en el Mayflower, uno de los restaurantes que más frecuentan los dirigentes del PP madrileño y donde Almeida y su «cuadrilla» han celebrado sus éxitos. Allí se tomó la decisión de que se presentara a la Portavocía del grupo municipal. De los de la banda del Mayflower, unos le pincharon más que otros para que lo hiciera, y la revuelta contra el orden establecido terminó con la decisión de que llamara por teléfono a Esperanza Aguirre para que fuera la primera en saber del «motín»: iba a presentarse. Cuentan que el pacto era que, si la «lideresa» le decía que no, no daría el paso.

La conjura cuajó en la tarde-noche del último funeral político de Aguirre. En pleno estado de duelo, Almeida la llamó y le comunicó su decisión. La respuesta de la expresidenta madrileña fue algo así como «vaya cosas que me dices... Muy bien, muy bien, ya hablamos, que estoy con mis nietos». La banda del Mayflower interpretó esto como un «sí, tira para adelante», aunque no lo fuera, y por la fuerza de los hechos consiguieron que la «jefa» les dejara hacer sin que ella interviniera a favor de su «delfín». Una neutralidad necesaria para que la osadía llegara a buen puerto.

A la mañana siguiente del pacto del Mayflower, Almeida debía cumplir con un último trámite: informar personalmente a «Charles» de que el trono dejaba de ser hereditario. No era un salto como el de pasar de la monarquía a la república, pero casi. El relato que sale de la banda dice que cuando Almeida iba a coger el autobús para asistir al pleno municipal —lugar elegido para el encuentro con quien aún no sabía que iba a ser su rival—, en un titular de un periódico nacional leyó: «Almeida se presenta». La versión oficiosa dice que él no sabía nada de la operación y que fue su amigo David Erguido, que entonces estaba en la Asamblea de Madrid, quien filtró intencionadamente la noticia, con la connivencia del resto de la «cuadrilla», para cortocircuitar la posibilidad de que Almeida diera marcha atrás.

La política es como la vida: a veces la solución está en lo más simple. Y el 28 de abril de 2017, el «chico» de Aguirre salió elegido como nuevo portavoz del PP en el consistorio, ocupando el lugar que hasta entonces ostentaba su madrina política. Por primera vez, como él mismo había pronosticado a una buena amiga cuando Aguirre dimitió, fue elegido por sus compañeros en una votación en la que participaron dieciocho de los veintiún representantes del PP en el ayuntamiento. Henríquez de Luna consiguió ocho votos; Almeida, diez. Y así, por la mínima, el abogado del Estado deshizo el destino que el delfín de Aguirre creía tener escrito después de toda una vida dedicada a allanarle el camino a la «lideresa».

De hecho, la relación de Henríquez de Luna con el PP se remonta a los orígenes del partido. Pluriempleado orgánico, senador, portavoz de los populares en la Asamblea de Madrid, director de campaña... Siempre abogó por una reforma electoral para que los ciudadanos pudieran elegir directamente a una parte de los diputados de la Asamblea y de los concejales de las grandes ciudades, y así lo defendió, vía enmienda, en el congreso del PP de Madrid, el cónclave que eligió a Cristina Cifuentes nueva presidenta del PP madrileño y en el que, como en dos líneas paralelas, Henríquez de Luna fue incorporado directamente al Comité Ejecutivo Regional y Martínez-Almeida a la Secretaría de Relaciones con el Ayuntamiento de Madrid. Fue un guiño de integración hacia dos personas que siempre habían estado muy cerca de Esperanza Aguirre.

Para que la carambola de llegar a la Portavocía del ayuntamiento se produjera, Aguirre tuvo su parte de influencia en la suerte y en el destino del hoy alcalde. No tomó partido por su «escudero», se quedó quieta, y ahí están los dos votos que marcaron la diferencia. Si Almeida no hubiera ganado la batalla, habría vuelto a la Abogacía del Estado y fin del problema.

El ganador se portó «como un señor» con el perdedor. Le dejó espacio, le dio prebendas y le ofreció la Portavocía adjunta. Los cadáveres políticos tienen mucho peligro porque, según suba o baje la noria, siempre existe el riesgo de que resuciten. Almeida lo sabía bien y prefirió la vía indirecta antes que el cuerpo a cuerpo para terminar de enterrar a los que habían caído a su paso. Los que le aprecian dicen que está en su naturaleza huir del conflicto. Es de la escuela que defiende eso de que al que empieza a sobrar, mejor dejarle que se cueza en su caldo antes de echarle, y que, al enemigo, puente de plata. También siguió esta estrategia con Isabel Gallego, la dircom (directora de comunicación) de la Comunidad de Madrid durante doce años, primero con Esperanza Aguirre y, después, con Ignacio González. En realidad, fue mucho más que un ama de llaves del «aguirrismo» omnipotente y omnipresente, y es una bomba de relojería por la información que guarda de aquella etapa en la que participó de las decisiones, y no solo las filtró a los medios de comunicación. Para Almeida era una pústula incómoda en su aterrizaje, pero le dio tiempo para irse. Al final, lo hizo sin hacer apenas ruido.

«ORGULLO DE CAMISETA»

Con la Portavocía del grupo municipal en su mano, Martínez-Almeida se ratificó en su objetivo de ser el candidato a la alcaldía, para lo cual debía conseguir el apoyo de veintiún representantes del PP, no solo de los que le habían votado. Durante los siguientes dos años puso a su grupo a trabajar con la meta de recuperar la confianza en las siglas.

Estaba en la oposición después de veintiséis años de ejercicio continuo del poder. Poco a poco, con un trabajo de partido que no había hecho en su vida, Almeida consiguió ser el líder del grupo y enfrentarse al icono de Manuela Carmena en el momento en el que la alcaldesa pisaba los cielos, cuando los madrileños se bajaban de los coches a tocarla para ver si la suya era la sustancia espiritual de los idealistas o escondía también sustancia corpórea.

Almeida se transformó en un *coach,* en el Simeone del Partido Popular. Presencia y escucha activa. Trabajó a un PP azotado y con una militancia a la que casi le daba vergüenza pisar la puerta de la sede y a la que agitó con los mantras de «unidad de grupo», «fuerza de grupo», «orgullo de camiseta». Empezó sin conocer bien los distritos, pero poco a poco la gente comenzó a aclamarle cuando iba de ronda por las sedes.

Para que el desenlace de la película fuese el que él mismo se había fijado resultó decisivo que se mantuviera limpio de la más mínima mancha de corrupción. Esto le despejó muchos obstáculos en el camino a la candidatura como alcalde. Casado había prometido regeneración democrática en el congreso de 2018; necesitaba recuperar la bandera que llevó al poder al PP de Aznar y que al PP de Rajoy condujo a la derrota tras dejar que Ciudadanos se la arrebatara. A Almeida se le podían poner muchos peros, pero no el de tener un expediente inmaculado en este aspecto.

Todo político, cuando llega a un cargo, ya piensa en el siguiente puesto y se pone a trabajar para alcanzarlo. En su futuro, y siguiendo el orden lógico y tradicional de la política, es evidente que la primera meta debería ser mantenerse ocho años al frente de la Alcaldía de Madrid. No hay político que no se comprometa con la limitación de mandatos desde que, a rebufo de la crisis económica de 2008 y tras el estallido de los casos de corrupción que se conocieron en aquella década, todos asumieron públicamente su militancia teórica en la regeneración. Pero tampoco hay político con el que no haya que poner en cuarentena este tipo de pronunciamientos. Sin salir del PP, el presidente de la Xunta, Alberto Núñez Feijóo, prometió que no estaría en el poder más de dos legislaturas y es más que posible que él mismo se lo creyera. Sin embargo, en verano de 2020 se apuntó la cuarta legislatura con la mayoría absoluta más amplia que había cosechado hasta entonces.

La decisión de Pablo Casado de colocar a Martínez-Almeida como portavoz nacional del partido para dar un impulso a su liderazgo precipitó su despegue en la política nacional antes de tiempo. Como «soldado» del PP, en esa lógica que rige las organizaciones políticas, no tenía margen para rechazar la propuesta-orden del líder del partido. A simple vista, puede parecer que es una oportunidad, pero un análisis más sosegado —que no se escapa dentro del PP— pone de relieve los riesgos de este aterrizaje forzoso en el barro de la política nacional. Las portavocías son siempre puestos que acaban quemando a quienes las ejercen, si cumplen obedientemente las órdenes del «jefe», porque su función es hacer de muro de contención para blindar su liderazgo. Almeida consiguió con su buen hacer en la gestión de la pandemia ser el «alcalde de todos», el gestor por encima del político al servicio de unas siglas, y tiene el reto de demostrar si es capaz de ser el portavoz de Casado y continuar siendo ese político que cree, y defiende, que los grandes acuerdos nacionales son la única vía para superar la catástrofe.

Un incierto salto a la política nacional

A Casado le suma sí o sí meter a Almeida en su equipo. A Almeida el salto a la refriega nacional en plena crisis sanitaria y económica le abrió una grieta en el terreno que pisaba con total comodidad desde su despacho en el Palacio de Cibeles. No obstante, no hay nada escrito, ni siquiera en política. Y tampoco hay nada escrito dentro del PP con la fuerza de ley que tenía el mando del «aznarismo». Antes de engordar su currículum con el cargo de portavoz de Casado, el alcalde de Madrid había conseguido limpiar su nombre de adscripciones en el grupo de los duros o de los moderados del partido. Estas dos almas tienen su origen en el mismo proceso de nacimiento de Alianza Popular, una coalición con fines electorales que se forjó gracias a la integración de distintas familias o clanes de la derecha en la etapa del régimen franquista. Los más veteranos del PP recuerdan esa mezcolanza de democristianos, azules, tradicionalistas, tecnócratas... De aquello surgieron, simplificando mucho el proceso, esas dos almas que siguen siendo un quebradero de cabeza para la estrategia política de la actual dirección: la más dura y conservadora, y la más moderada y centrista. La división se disimula cuando el partido está en el Gobierno, pero se deja ver cuando les toca gestionar la oposición.

Martínez-Almeida empezó etiquetado en el clan de los duros. De él se ha dicho que estaba en el «aznarismo» y que era el «dóberman» de Pablo Casado en Madrid. En la oposición se hizo un nombre gracias a un estilo bronco e incisivo que amoldó a las circunstancias de su responsabilidad institucional en la alcaldía. El *click* que marcó el antes y el después fue la explosión de la crisis sanitaria, que produjo un cambio inmediato de registro al entender que, en una catástrofe como esta, el acuerdo es lo que la ciudadanía espera de los políticos.

A diferencia de otros peones del «casadismo», Almeida es aceptado por los duros y por los blandos. Los partidos son como esas grandes familias en las que se acumulan rencores de egos mal administrados, competencias por ganarse el cariño del «patriarca» y frustraciones por herencias no recibidas. Al alcalde de Madrid le ven bien los barones referentes del PP centrado, como los presidentes de Andalucía, Galicia o Castilla y León. Pero también le ven bien en la parte de Génova donde se encuentra la cueva que protege las esencias del partido. Ha conseguido llevarse bien con todo el mundo y que de él se hable como un «buen tipo», siempre dispuesto a echar una mano y a ayudar cuando hace falta. En el PP de Madrid tiene, por supuesto, su grupo de «zancadilleadores» —siempre los hay—, pero su influencia es anecdótica. El futuro resolverá el interrogante de si la Portavocía del partido le arrebata su capacidad de entenderse tanto con la «derecha» como con la «izquierda» del PP.

Esta no adscripción clara es otro rasgo que le diferencia de la presidenta de la Comunidad de Madrid, encasillada en el clan de Casado, para bien o para mal, y que conservará esta etiqueta en todas las decisiones del futuro del PP. En las lógicas partidistas nunca se sabe a ciencia cierta si la independencia suma o resta, ya que depende de las circunstancias en las que se ejecuten las decisiones de promoción orgánica y de cómo estén de enconados los bloques. Si Almeida se presentara a un congreso del partido, su candidatura se leería más en clave de independiente que de representante de uno u otro sector. Por el contrario, Díaz Ayuso sería vista como una continuidad del «casadismo».

Pero antes de llegar a ese cruce de caminos, el PP madrileño tendrá que resolver su liderazgo en un congreso regional en el que se decida quién se queda con el mando del partido. El salto obligado de Almeida a la Portavocía nacional altera los equilibrios regionales y, por supuesto, afectará al resultado de ese cónclave.

Durante la etapa de liderazgo madrileño de Alberto Ruiz-Gallardón se respetó la fórmula salomónica de colocar la figura interpuesta de Pío García Escudero, y así ni para el presidente de la comunidad, entonces Gallardón, ni para el alcalde. Pero cuando Esperanza Aguirre se hizo con la Presidencia de la comunidad y Gallardón se quedó en la alcaldía, su pulso con el «verso suelto» del partido hizo que se rompiese esta particularidad en la organización madrileña para terminar siendo ella quien cogiera las riendas del PP regional. Aquí ven muchos una de las raíces de todos los males que arrasaron el partido durante el «aguirrismo». La separación de poderes en Madrid, que se rompió con la «lideresa», diferenciaba también las cajas del partido y de las instituciones. Cuando todo se mezcló, empezaron los desvíos y las fugas para la financiación del partido, que era el PP de Aguirre, y para los bolsillos de algunos de los «hombres» de Aguirre.

Ella fue elegida presidenta del PP de Madrid en noviembre de 2004, con el 92 por ciento de los votos, como manda la lógica de la fórmula del congreso a la búlgara (disciplinada unanimidad). El juez del *caso Púnica* centró la investigación en la arquitectura fraudulenta de la financiación del PP de Madrid entre los años 2004 y 2014. Y en septiembre de 2019, el juez de la Audiencia Nacional Manuel García-Castellón imputó a las expresidentas de la Comunidad de Madrid Esperanza Aguirre y Cristina Cifuentes en la pieza de la *trama Púnica* que investiga la financiación irregular del PP de Madrid. Estamos hablando de un macrosumario de dieciséis piezas separadas, la mayoría de las cuales afecta a una treintena de administraciones públicas madrileñas gobernadas prácticamente todas por el Partido Popular.

En la nueva etapa que se abrió en el PP de Madrid, tras la caída de Cifuentes como presidenta de la comunidad, la fórmula que eligió Mariano Rajoy para recuperar el control del partido —pese a la continuidad de Ángel Garrido en el Gobierno regional— fue colocar a su leal presidente del Senado, Pío García Escudero, al frente de la gestora. Ahora es Casado quien decide, pero la pandemia ha dado aire a la batalla por el liderazgo del PP regional, muy intensa porque la reinvención de Almeida como alcalde le hizo ganar posiciones en el inevitable pulso con Díaz Ayuso. Ella siempre ha querido utilizar a su favor el hecho de que en el resto de España es norma que el partido lo dirija quien preside el Gobierno autonómico, pero las cosas no se ven tan claras en el interior de la organización regional.

Como portavoz nacional, Martínez-Almeida ha perdido este tren. Ha tenido su «premio», aunque no buscado, y ahora Casado puede sostener la decisión de aupar a Ayuso y entregarle el partido regional. O ella, o García Escudero. Pero con Almeida en Génova, la presidenta madrileña ha ganado espacio para extender su influencia en el PP madrileño.

Entre Almeida y Ayuso hay diferencias y rivalidades, y como ocurre casi siempre, los entornos se encargan de alimentar esta competencia. Pero Casado puede estar tranquilo porque no tendrá que gestionar una guerra abierta como la que protagonizaron Esperanza Aguirre y Alberto Ruiz-Gallardón en la etapa de Mariano Rajoy. En el libro *El club de las mujeres ambiciosas,* donde el periodista Jesús Rodríguez teje sus retratos a partir del testimonio de sus protagonistas, Aguirre, entonces presidenta de la Comunidad de Madrid, dice que la mayor victoria de su carrera política fue alcanzar la Presidencia del PP madrileño en 2004. En aquella batalla se enfrentó a Manuel Cobo, mano derecha de Gallardón, y ella presumió de contar con el apoyo de los fieles al ex vicepresidente económico y entonces virtual presidente de Caja Madrid, Rodrigo Rato.

Dos no pelean si uno no quiere y, por el lado de Almeida, si hay trapos sucios, él hará todo lo posible para que se queden de puertas adentro. Su comunicación con Ayuso siempre ha sido fluida. Quienes conocen al alcalde aseguran que pondrían la mano en el fuego por que en esta etapa «no habrá escándalos internos». Dicen que no va con el alcalde ni publicitar las polémicas ni la política de chascarrillo. De hecho, es así como está gestionando su relación con la vicealcaldesa, Begoña Villacís, de Ciudadanos. Todo parece idílico entre ellos, de reportaje de revista, pero las cosas rara vez son como parecen, aunque lo importante sea lo que parecen. Almeida ha impuesto como norma a su equipo que se coloquen una sordina cuando estalle cualquier polémica. También ha dispuesto una alfombra roja para que Villacís tenga su cuota de protagonismo, que no es todo el que ella querría —siempre se quiere más—, pero sí el suficiente como para mantener las expectativas de una relación política que da para un reportaje de *Vogue*.

4
INFLUENCIA DE LA CUNA

El político Martínez-Almeida es el «tío Pepito» en casa. Solo Pepito cuando no había sobrinos. Las biografías oficiales esconden un universo familiar que es el que muchas veces explica todo lo que de verdad importa y lo que no cuentan los datos que se toman como referencia para clasificar a las personas.

En su perfil oficial, Almeida tiene todos los elementos para encasillarle en el prototipo de niño bien, de buena familia, con reputados apellidos compuestos, de la derecha católica y tradicional de toda la vida y excelentes contactos. Incluso está relacionado con la familia real porque su abuelo paterno, Pablo Martínez-Almeida, fue uno de los consejeros privados del abuelo de Felipe VI, don Juan de Borbón, el conde de Barcelona. Tan buena era la relación con los condes de Barcelona, don Juan y doña María de las Mercedes, que fueron los padrinos de boda de sus padres por delegación, ya que en aquellas fechas vivían su exilio en Estoril. El alcalde creció en ese entorno aristocrático y de altos funcionarios del

Estado. En la familia cuentan que en la casa del abuelo paterno se celebraban largas tertulias en las que los consejeros de don Juan tramaban vías para derrocar a Franco y restaurar la monarquía.

Por el lado materno, su abuelo, José Luis Navasqüés Ruiz de Velasco, también abogado del Estado, fue propietario de los estudios de cine Chamartín, que produjeron el clásico *Marcelino, pan y vino,* uno de los mayores éxitos comerciales de la historia del cine español. La película consiguió el Oso de Plata en el festival de Berlín de 1955, y la estatuilla siempre ha presidido la casa de los padres del alcalde. El presidente del Atlético de Madrid, Enrique Cerezo, le compró los estudios al abuelo de Martínez-Almeida en la etapa en la que empezó a aprovechar «oportunidades» empresariales, proyecto que le ha convertido en la persona que, individualmente, posee la mayor cantidad de derechos de películas del mundo.

Sus abuelos paterno y materno ejercieron como abogados del Estado, y esto es marca de la familia. Salvo su hermana Ángela, todos los hermanos —son seis, tres chicas y tres chicos— han estudiado Derecho, pero José Luis es el único que aprobó la oposición para la Abogacía del Estado. De hecho, su padre, Rafael Martínez-Almeida y León y Castillo no consiguió sacarla y se quedó en notario, lo que siempre fue motivo en casa para «chincharle» y bromear a costa de su «fracaso».

En la familia hay otro político, su hermano Rafael, funcionario de carrera y miembro del Cuerpo Superior de Gestión Catastral de la Administración General del Estado. En las elecciones autonómicas de 2019 se presentó como número tres por Vox por la provincia de Soria.

En la biografía oficial del alcalde se dice que realizó sus estudios primarios y secundarios en el colegio Retamar, vinculado al Opus Dei, otro dato que facilita las conclusiones *a priori* con las que avanzar en esas clasificaciones estereotipadas sobre las que construimos nuestras realidades. El centro está ubicado en Pozuelo, municipio madrileño con una de las mayores rentas per cápita de España. Solo admite estudiantes de sexo masculino, hijos de familias conservadoras que quieren que la prelatura del Opus Dei se haga cargo de la orientación cristiana de todas las actividades académicas.

Los datos oficiales también le sitúan en una de las universidades más caras y elitistas del país, el ICADE (Universidad Pontificia Comillas). Los jesuitas de la Compañía de Jesús gestionan esta universidad privada, situada muy cerca del Palacio de la Moncloa, en la madrileña calle de Alberto Aguilera. Allí estudió Derecho, carrera que acabó en 1998. En 2001 ya formaba parte del cuerpo de abogados del Estado.

A partir de este punto, no hay perfil que se resista a enumerar la amplia lista de cargos públicos que ha desempeñado antes de que, en junio de 2019, siendo prácticamente desconocido para la mayoría de españoles y buena parte de los madrileños, fuese elegido alcalde de Madrid. Fue director general de Patrimonio Histórico de la Comunidad de Madrid, secretario del Consejo de Gobierno de la Comunidad de Madrid (presidido por Esperanza Aguirre), miembro de la Secretaría General y del Consejo de la Sociedad Estatal de Participaciones Industriales y Desarrollo Empresarial (SEPIDES) y director de la División Jurídica Institucional de la Autoridad Independiente de Responsabilidad Fiscal (AIReF).

En 2015 entró como número tres en las listas del Partido Popular al Ayuntamiento de Madrid, y a partir de ahí la travesía política se disparó hacia arriba con la ayuda de una serie de circunstancias que hacen que a su alrededor haya quien resuma la historia con eso de que es un «tío con potra». Aunque, si se mira más allá de las líneas del currículum oficial, la «potra», como casi siempre, tiene su explicación en causas más mundanas y no responde únicamente al deseo de las moiras griegas.

Como remate de la historia oficial aparece su cargo, en 2017, de portavoz del Grupo Municipal Popular, sucediendo a Esperanza Aguirre. En 2019 forma parte del selecto club del Comité Ejecutivo del PP y se convierte en el aspirante a la Alcaldía de Madrid.

El ojito derecho de mamá

Pepito fue un chaval tímido, introvertido, abrumadoramente inteligente y nada problemático. El niño que toda madre querría tener. Aburrido, de bueno, que es como lo describen sus hermanos y familiares. Incluso cuando salía a «quemar» la noche —muchas veces con su hermana Ángela—, todos señalan que siempre lo hacía respetando la regla parental de que, al día siguiente, llegara a la hora que llegara, tenía que estar en condiciones de «cumplir». Por prudencia quizá habría que matizar el «siempre» del relato oficial y sustituirlo por un «casi siempre».

Las biografías oficiales limitan las referencias a su madre, Ángela Navasqüés Cobián Ruiz de Velasco, al dato de que presidió la Confederación Española de Asociaciones de Antiguos Alumnos de la Enseñanza Católica. Él siempre fue su ojito derecho, circunstancia que sus familiares creen que tiene que agradecer a la suerte de parecerse mucho a su abuelo materno, al que la madre adoraba. Incluso lleva su nombre, José Luis. Además, sumó puntos con la oposición de abogado del Estado, que se sacó en dos años y medio. El día que aprobó fue, sin duda, uno de los más felices de la vida de doña Ángela.

El hijo pequeño siempre ha vivido en la casa de sus padres hasta que fallecieron, por lo que la cercanía y el tiempo que pasaron juntos también le dieron puntos para ganarse el título de favorito de la madre. Doña Ángela se fiaba mucho del criterio de su hijo menor y es a quien más acudía cuando tenía algún problema que resolver.

Cuando Pepito iba a la guardería, un día la psicóloga del centro escolar le dio a su madre el disgusto de informarle de que el niño daba señales de tener alguna disfunción o discapacidad por su déficit de atención. Lo que en realidad pasaba era que Pepito se aburría en clase y desconectaba. Ese mismo niño que en el colegio estaba en las nubes, cuando volvía a casa se sentaba con su padre, con el periódico, como él, entre las manos, aunque todavía no sabía ni leer ni escribir. Y así se pasaba las horas muertas. «Pepito, que lo tienes del revés», recuerdan que le decía su madre ante el «flipe» presuntamente lector de su hijo pequeño.

Ángela era una mujer de mucho carácter, pasional y muy intensa, tal y como la recuerdan sus hijos. Una mujer de armas tomar, muy combativa y firme en sus convicciones. Llevaba los pulsos hasta el extremo y no tenía miedo al enfrentamiento. Rafael, el padre, era el pacífico, el negociador siempre dispuesto a mediar y a buscar acuerdos. La madre era el corazón; el padre, la razón. El Almeida pasional, descarado y atrevido de la oposición viene más de Ángela. La templanza y la imagen conciliadora del alcalde de la pandemia es herencia de su padre. En general, el carácter es más de Rafael que de Ángela y, de hecho, en los conflictos familiares, él también asume el papel de mediador. Pese a ser el hermano más pequeño, cuando hay una discusión o un debate, su criterio suele ser el que más papeletas tiene para ser aceptado por todos.

La familia Martínez-Almeida y León y Castillo-Navasqüés Cobián Ruiz de Velasco guarda entre sus mejores recuerdos los meses de agosto que pasaban en Benicasim y aquellos viajes a la playa en un Renault 18 en el que Pepito y su hermano Rafa iban siempre en los asientos que se añadían en el maletero. Salían a primera hora de la madrugada, como hacían y hacen tantas familias madrileñas que viajan con niños para descansar unos días en alguna playa del Levante. De camino, la gran «fiesta» era la parada a desayunar.

El resto del verano lo pasaban en Cercedilla, en el antiguo hotel Chapultepec, que el bisabuelo Emilio transformó en una imponente casa de campo familiar. Las imágenes de la Villa Chapultepec las guardan viejas postales en color sepia que se pueden rastrear en webs de coleccionistas. En ellas se intuye un señorial edificio de tres plantas rodeado de montañas. Las crónicas señalan que la familia Navasqüés adquirió la villa en 1953 y que el bisabuelo se hizo un sitio en la memoria colectiva por haber financiado el empedrado del camino que subía hasta la iglesia parroquial y por ayudar de manera discreta a varias familias del pueblo.

La casa era el lugar de encuentro veraniego con los abuelos y con los tíos, y Pepito la disfrutó tan intensamente como sus hermanos, salvo la piscina, a la que no bajaba nunca porque el agua y él no son demasiado compatibles. Desde muy pequeño prefería la terracita antes que la rutina de desvestirse para mojarse, ponerse al sol y luego tener que vestirse de nuevo. Donde mejor estaba era a la sombra, con su aperitivo y con los periódicos al lado —el *Marca,* el primero de todos—. El último recuerdo de aquella casa fue la boda de su hermana Mayi (Magdalena) en 2000.

La madre de Martínez-Almeida era mucho más que lo que se deduce del título de presidenta de la Confederación Española de Asociaciones de Antiguos Alumnos de la Enseñanza Católica. El patriarca de la familia trabajó durante mucho tiempo, de lunes a jueves, en Santander, y su madre llenó el espacio de los dos en la toma de decisiones y en la administración doméstica. Cuando los niños eran pequeños, la ayuda la aportaba una asistenta interna. Cuando se hicieron mayores y ya podían colaborar en casa, el padre se quedó en paro y tuvieron que reducir la ayuda a una asistenta por horas. Era una familia acomodada, pero sin lujos ostentosos, y los padres tuvieron que hacer sacrificios para sacar adelante a sus hijos. El padre encontró otro trabajo en la constructora Laín, lo que le obligaba a estar de lunes a jueves en Zaragoza, ya que era la única salida que pudo hallar hasta que consiguió que le trasladaran a Madrid. Ángela tiraba de la familia entre semana y, cuando su marido volvía los viernes, el recuerdo que tienen sus hijos es que intentaba no preocuparle con las cosas de diario para poder disfrutar del fin de semana todos juntos en casa. Las apariencias pueden llevar a pensar que el alcalde se crio en una familia al estilo Preysler, pero en su casa no había grandes cenas ni reuniones que dan para la crónica social. Estaban muy bien conectados socialmente, pero no tenían ni la infraestructura ni la ayuda necesarias para mantener ese nivel de vida: en su entorno había más prosa que poesía.

A Ángela le gustaba mucho la costura, y con la ayuda de una costurera que venía un día a la semana y su máquina de coser, vistió a sus seis hijos hasta que fueron bien grandes. La intrahistoria hace coincidir el relato de una familia muy reputada y bien relacionada con el día a día de una típica familia española de los años setenta y ochenta que vivía sin grandes lujos, ni por ingresos ni por educación, con austeridad.

Ángela era una mujer católica practicante, como lo es el alcalde, que reconoce ir a misa «todos los domingos y fiestas de guardar». Creía firmemente en la familia tradicional y todo su tiempo se lo dedicó a sus hijos —era lo que quería—, aunque hacía gala de unos gestos de independencia que llamaban bastante la atención. En las dos pasiones del alcalde, el fútbol y la política, no necesitó nunca tutelas masculinas.

La familia no se mudó con el padre a Santander ni a Zaragoza para que los tres chicos siguieran estudiando en el colegio Retamar y las tres chicas en el Sagrado Corazón de Chamartín. Un día a Ángela se le cruzó el cable y pensó que las monjas se estaban «torciendo» porque habían perdido los valores de la orden religiosa. Sacó a las chicas del colegio de Chamartín y las matriculó en el Santa María de los Rosales, donde siguen sus estudios la princesa Leonor y la infanta Sofía, las hijas de los reyes Felipe VI y Letizia.

Ángela colaboraba con los jesuitas en la organización de las primeras comuniones y las mañanas de los sábados echaba una mano con los preparativos. Colocaban las mesas, servían las comidas y luego recogían y limpiaban todo como si no hubiera pasado nadie por allí. Con el dinero que obtenían pagaban la residencia a antiguas alumnas y a familiares que no tenían medios. Todavía son chascarrillo en las reuniones domésticas las cuatro mil croquetas que Ángela llegó a hacer y que, por supuesto, solo podía freír ella, porque, como decía, a nadie le quedaban igual. Eso tan de madre de la vieja escuela de que, si no lo hace una, el resultado es un desastre. Con motivo del Día de la Madre, celebrado durante el confinamiento por la pandemia, el alcalde colgó en sus redes sociales una foto de Ángela con él, de niño, los dos en ropa de andar por casa y llamativamente parecidos, con el siguiente texto: «Mi madre me enseñó tantas cosas que no caben en un *post*. Una de ellas es que nunca había que dar nada por ganado, pero tampoco darse por vencido. Otra, que nunca había que dejar de creer». Tan fuerte era el sentimiento atlético de su madre que todos los hermanos decidieron que en el epitafio de su tumba debía figurar el famoso lema de los del Metropolitano: «Nunca dejó de creer». Ángela falleció en febrero de 2019.

UN COLCHONERO SIN INTELIGENCIA EMOCIONAL

En la biografía no autorizada del alcalde no hay nada que se salga de la normalidad. Es la sosería hecha persona, y en grado superlativo, como bromean sus allegados, dentro, por supuesto, de los recursos, medios y contactos que se derivan de la privilegiada burbuja familiar en la que creció. Fue un niño tranquilo y un adolescente sin demasiadas muestras de rebeldía. Quizá esto, pasar por la adolescencia sin provocar desajustes neuróticos en sus padres, fue uno de los pocos quebrantamientos de la normalidad que se ha permitido. Y dice bastante de quién es Martínez-Almeida.

Fue un buen estudiante que nunca necesitó esforzarse mucho para pasar los cursos con buenas notas. Nadie le recuerda hincando codos y pasando horas haciendo los deberes. Era de los que leía en diagonal, y con eso le bastaba para salir bien del paso e incluso destacar. En todas las familias cada uno de sus miembros termina asumiendo un rol, y el de Almeida siempre fue el del «listo», con autoridad reconocida en casa, el resolutivo. Ese papel, por supuesto, lo marca el carácter.

En el plano moral se reconoce como católico practicante. Cree en la familia tradicional y le habría gustado formar la suya, pero dicen que aún no ha encontrado a la persona adecuada. Esto de no asentarse no se debe a que le guste la variedad y el cambio, sino a que, tal y como señalan los que más le conocen, es muy exigente y busca a alguien que se ajuste al patrón clásico de «pareja para toda la vida». La única novia formal de su juventud fue Arantxa, pero acabó dejándole porque se cansó de esperar a que terminara de prepararse la oposición. El aburrimiento de los días de encierro del opositor terminó por colapsar la relación.

Pese a sus firmes convicciones religiosas y a la fuerte educación conservadora que recibió, Martínez-Almeida no dudaría en oficiar una boda gay, y la explicación que ofrece conecta con la visión liberal y abierta de la política de la que presume. La ley del matrimonio homosexual está en vigor, ha sido validada por el Tribunal Constitucional y, como cargo público, el alcalde coloca por encima de todo el principio de que se debe a todos los ciudadanos en el marco de la legalidad vigente. Tampoco es partidario del aborto, pero su intuición política le lleva a pensar que es un asunto polémico con el que su partido poco tiene que ganar y que, ante todo, está obligado a respetar el consenso legal y social. Un respeto que pide también para quienes comparten con él sus posiciones más conservadoras.

En la preadolescencia, cuando tenía trece o catorce años, en el colegio Retamar vivió un primer intento de «fichaje» para la Obra (Opus Dei). Cuentan que su respuesta fue algo así como «si todavía no puedo votar, cómo voy a ser capaz de pertenecer a la Obra». En la familia solo hay un hermano del Opus Dei. Y una hermana entró, pero se salió.

Su pasión es el Atlético de Madrid, del que es un forofo ultra, como su madre. Durante años, si el equipo jugaba en la capital, Ángela llevaba a sus seis hijos al Vicente Calderón. Cuando se hicieron mayores, para recortar un poco los gastos, solo conservaron los abonos algunos de ellos. La madre iba sola con sus hijos porque el padre prefería quedarse en casa, y ella misma tejía a mano las bufandas rojiblancas con las que acudían al estadio a defender los colores de su equipo. Doña Ángela no se perdía un partido, pero el alcalde, cuando hay mucho en juego, no puede verlos en directo por lo histérico que se pone. Siempre busca un plan alternativo y puede acabar en el cine, por ejemplo, con su sobrina Marta, para evitarse el trago de aguantar la tensión de los noventa minutos. Luego, cuando ya sabe el resultado, ve el resumen del partido, las mejores jugadas y los goles, pero solo si no le van a hacer sufrir. Es decir, si el Atleti ha ganado.

Almeida se reconoce en el tipo de hombre que carece de inteligencia emocional. Y si le intentas atacar por esa vía, el fracaso es seguro. Cuando estuvo destinado en la calle Hernani de Madrid, en un juzgado social, desde los servicios de empleo les enviaron a una psicóloga de formación. El diagnóstico de la profesional sobre su feroz pasión futbolera fue que en la vida era un reprimido emocional y que su foco de desahogo era el fútbol.

En realidad, salvo su hermana Ángela, la más llorona, todos en casa son muy pragmáticos y tienden a envolver los momentos duros con el humor —en ocasiones, humor negro— y con un intenso sarcasmo que puede descolocar al interlocutor si no sabe de qué pie cojean. Cada cual tiene su particular escudo para afrontar las dificultades y el de los Martínez-Almeida es ese, a veces rozando el límite de lo convencionalmente aceptable, como admite su sobrina Marta.

La siguiente anécdota es una caricatura perfecta de cómo gestionan la vida en su casa, con sus momentos buenos y malos. El fallecimiento de su madre, semanas antes de que fuera elegido alcalde, ha sido el golpe más duro, su mayor pérdida hasta el momento. Él no habla de ello, pero soporta la espina de que por muy poco tiempo ella no pudo verle investido regidor de Madrid. Para Ángela habría supuesto un sueño hecho realidad, porque siempre fue muy del PP —primero de Alianza Popular—, y tan pasional en la política como en el fútbol.

A pesar del gran dolor que supuso la pérdida, la familia suele recurrir al humor para hablar de ella. Cuentan miles de anécdotas, como la del tanatorio, cuando iban a cerrar la sala donde velaban el cuerpo de Ángela. Allí seguía él, haciendo guardia con su grupo de colaboradores y amigos más cercanos, cuando llegó Andrea Levy, nombrada concejala de Cultura del ayuntamiento en junio de 2019. La dirigente popular casi se cae redonda al suelo cuando, tras preguntarle por qué no se iba ya a casa, la respuesta de Pepito fue: «No, no, es que allí ya están mis hermanos y se lo van a repartir todo antes de que llegue yo». Almeida pertenecería a la escuela filosófica que integrarían quienes niegan el significado de las emociones porque consideran que el mundo es perfecto con la realización de su parte racional. Las emociones son solo «pensamientos confusos». Por cierto, por esas funestas casualidades de la vida, el alcalde vivió en primera persona la muerte de su padre porque estaba en casa con su sobrina cuando sucedió el óbito. Su hermana Ángela había salido a hacer unas compras y habían notado que su padre no se encontraba bien porque apenas había comido ese día. Almeida pidió ayuda a un vecino, pero no pudieron hacer nada.

Rafael era un hombre recto, con ese humor negro que han heredado sus hijos. Los hermanos del alcalde dicen de él que es igual que su padre en casi todo, salvo en el físico, que es clavado al de la madre. El recuerdo que Rafael ha dejado en la familia es el de un hombre afable, manso, dócil. Cuando se jubiló, iba a recoger a su nieta mayor al colegio y le llevaba la merienda. Consiguió que Marta creciera con la idea de que el mundo era un regalo para ella, y ella, un regalo para el mundo. La felicidad del abuelo estaba en el disfrute de cosas tan minúsculas como bajar al estanco a comprarle a Marta toda clase de juguetes: estuches de maquillaje, juegos de mesa, cintas para hacer pulseras, combas... Siempre tenía el periódico en la mano y, como el alcalde —o el alcalde como él—, era un apasionado del golf. En realidad, toda la familia lo es. Marta es la nieta mayor, la única nieta que hubo en la familia durante once años, situación que la marcó tanto a ella como a los abuelos. «Kichi», que era como Marta llamaba al abuelo, incluso le perdonó que le arañara el coche, el Renault 18 de toda la vida, por la rabieta que la niña cogió cuando la abuela, «Baba», la regañó por llenarle la cocina de barro. Él ni siquiera le pidió explicaciones; se las exigió a la abuela por haber provocado semejante enfado en su nieta.

Los hermanos del alcalde también cuentan que solo recuerdan haberle visto llorar una vez en la vida, cuando el Atleti bajó a Segunda División en el año 2000. Aquella tragedia fue doble, porque su equipo, consumada la catástrofe en la Liga, todavía tenía el consuelo de la Copa del Rey. El Atleti podía bajar a Segunda al menos con un título y clasificarse para las competiciones europeas, pero la pesadilla se remató en la final ante el Español, con el que acabó perdiendo por 2-1. En la familia son tan colchoneros que se acuerdan de cada momento de aquella tragedia. Con el tiempo han llegado a encontrar algo positivo en la fatalidad: en aquel año en Segunda División se estrenó Fernando Torres.

Ni los Reyes Magos han podido competir con el Atleti. Y mira que su madre cuidaba al milímetro cada detalle para sorprender a sus hijos. La costumbre era colocar a los seis en fila, de menor a mayor, por lo que siempre era Pepito quien entraba el primero a buscar sus regalos. Pero lo hacía sin demasiada emoción, ni siquiera cuando era pequeño. Sus hermanos no recuerdan que se pusiera especialmente nervioso, como suelen estar los niños esa noche, y más cuando saben que los suyos son unos Reyes que pueden ser generosos. La nula inteligencia emocional que hoy reconoce tener seguro que explica este fenómeno. Por supuesto, terminada la ceremonia de recibir a sus majestades de Oriente en la casa familiar, tocaba visita a los abuelos, donde se juntaban todos los primos. Son una familia muy unida y muy clan.

Martínez-Almeida ha vivido toda su vida en el mismo lugar, en un edificio en la calle Capitán Haya (actualmente llamada calle del Poeta Joan Maragall), cerca del Paseo de la Castellana, en el barrio de Tetuán. En el séptimo piso vivía su hermana; en el octavo, los padres, y él, en el noveno. Hasta que los hijos se independizaron, la familia ocupaba dos plantas, la octava y la novena, para alojar con holgura a los seis hijos. Cuando las vidas de todos siguieron su propio rumbo, Almeida, que nunca se ha movido del piso de arriba, se lo compró a sus padres para ayudarles a afrontar el pago de la hipoteca de su hermana Ángela, que podía perder su hogar a causa de un duro proceso de separación por malos tratos. Los padres tenían recursos de sobra para afrontar el gasto, pero él quiso tener aquel gesto con su hermana. Pepito y Ángela han convivido mucho, con sus padres como eje, lo que ha creado entre ellos una sintonía mayor que con los otros hermanos. También es especial la relación que tiene el tío con su sobrina mayor, Marta. Entre los mejores recuerdos que esta conserva de su infancia están las tardes de fútbol en casa de sus abuelos, con su madre y con su tío.

Marta también ha estudiado Derecho y, quizá, por el enorme parecido en el carácter y en sus convicciones éticas y religiosas, es ella quien que le plantea los pulsos dialécticos más fuertes y la única que a veces se siente ganadora. Pueden convertir en algo divertido un debate sobre el principio de tracto sucesivo en el Registro Mercantil, asunto que, inevitablemente, une muchísimo cuando se comparte el gusto. Los dos recuerdan con placer esas discusiones. Marta creció mientras su tío estudiaba la oposición en casa de sus abuelos y guarda el recuerdo de la letanía monótona de su recitar de los temas, pasillo arriba y pasillo abajo, y cómo muchas veces Mari, la costurera que les ayudaba, le hablaba y le hablaba a Pepito mientras él seguía cantando en alto lo estudiado. Para Marta, aquel recitar de su tío le resultaba tranquilizador, como si fuera una nana.

Ahora disfrutan con las discusiones morales sobre temas jurídico-políticos, como la prisión permanente revisable, porque desde el punto de vista ético y moral los dos comparten los mismos principios conservadores. Tío y sobrina también se organizan sus tardes de series, como cualquier mortal, y revisan clásicos como *El ala oeste de la Casa Blanca*. Viven al lado y, en cuanto encuentra una excusa, la sobrina llama a la puerta del alcalde para autoinvitarse a cenar, ver una película juntos o buscar a su lado una vía de escape ante la tensión del partido del Atleti.

De la barra del bar al *green*

El «tío Pepito» es un clásico de muchas familias. El hermano soltero que adora a sus sobrinos, que los malcría, y que se curraba hasta el último detalle los regalos que le hacía a su madre, a sus hermanas y a sus sobrinas (por ese orden). Nada que ver con lo que les tocaba al padre o a los hermanos. De hecho, Rafael se quejaba de que nunca había nada para él, mientras que a Ángela siempre lograba sorprenderla. Es también ese hermano soltero que, cuando se queda unos días con su sobrina, termina sacándola por ahí, a tomar algo con los amigos, con los zapatos cambiados de pie porque ha sido él quien se ha encargado de vestir a la niña.

Desde que es alcalde ya no puede ir al cine tan a menudo como le gustaría. Antes iba todas las semanas, sin vetos en la cartelera. La alcaldía le ha quitado una gran parte del tiempo que antes dedicaba a vivir. Aun así, disfruta de la política; ya lo hacía en la oposición y lo sigue haciendo desde la primera línea de la responsabilidad en la gestión. Ya no juega al fútbol con la frecuencia con la que lo hacía antes, pero, si encuentra algo de tiempo, de vez en cuando organiza alguna pachanga con los amigos de toda la vida del Retamar.

Otra de sus pasiones es el golf, que le llegó después del fútbol. Sigue practicando semanalmente este deporte porque le sirve para desconectar. Juega sus hoyos en el campo más exclusivo de España, el Real Club de la Puerta de Hierro, en las lomas del monte de El Pardo, al norte de la capital. Es punto de reunión de la alta sociedad, de la flor y nata empresarial, de la *beautiful people* y de los pijos madrileños de toda la vida. Allí profundizó su amistad con Esperanza Aguirre, socia de honor del club. El chico de barrio, que conoce a todos sus vecinos y que compra en sus tiendas, se mueve también en el *green* del selecto club, donde puede coincidir con Isabel Preysler, las hermanas Koplowitz o Cayetano Martínez de Irujo.

El alcalde sigue desplazándose en moto hasta su despacho en el Palacio de Cibeles. Incluso aparcó su *scooter* Yamaha de 125cc en el aparcamiento del Palacio de Hielo, lejos de los coches oficiales, aquel duro día de abril en el que varios representantes del Gobierno central, de la Comunidad de Madrid, del ayuntamiento y del Obispado se reunieron en el distrito de Hortaleza para clausurar el espacio que durante el último mes había servido de morgue improvisada para albergar los cuerpos de 1.146 fallecidos por el coronavirus.

En muy pocas ocasiones usa el coche oficial, y los escoltas le siguen en moto. Mantiene la costumbre de pasear la ciudad. Siempre le ha gustado andar, lo que le permite pisar el terreno y hacerse una idea más real de los problemas de los madrileños. Suena a eslogan típico de *marketing* —todos los alcaldes lo utilizan—, pero al inicio de su mandato cualquier ciudadano se lo ha podido encontrar por el centro de la ciudad, aunque ya no coja el autobús para asistir a los plenos municipales.

De sus hábitos de siempre también mantiene el de cenar con los amigos, los mismos que en el pasado le solían colar citas a ciegas para ver si sentaba la cabeza. Antes era simplemente el soltero del grupo, pero ahora es el «soltero de oro». Al menos eso es lo que dicen los de su «cuadrilla», que cuentan con sorna que nunca ha ligado más que ahora. Martínez-Almeida es el primer alcalde que ocupa el cargo sin consorte oficial.

En esto de ligar parece que él ha puesto siempre el interés justo. El retrato que hacen sus amigos es el del colega capaz de olvidarse de todo, también de una buena cita, si hay partido del Atleti. Cuentan la anécdota de una cena programada a las nueve de la noche, convocada solo como pretexto para presentarle a una amiga en casa de un amigo. Dan las diez, las diez y media, y Almeida no aparece. Le llaman y está viendo un partido en la tele. Se había puesto el pijama y se había olvidado. «Ahora mismo te estás vistiendo, te coges un taxi y te vienes», le dijeron. A las once estaban cenando. Se comió el primer plato, el segundo y cuando le colocaron delante una perola de arroz con leche, confesó: «No, por favor, en casa ya me había comido hasta el plátano».

Martínez-Almeida va con calma. En su familia solo tienen el nombre de Arantxa. Sus conocidos no niegan que hubiera algo de verdad en las informaciones que le relacionaron con la joven diputada del PP Beatriz Fanjul, aunque él lo ha negado con la manoseada frase de «solo somos amigos». Fanjul es una de las promesas del PP de Casado. Consiguió entrar en el Congreso de los Diputados en las elecciones generales de noviembre de 2019, después de que el recuento de voto exterior sumara un diputado más del PP a costa del PNV. Fue la única diputada del Partido Popular por el País Vasco. Viene del ala tradicional del partido, una apuesta personal de Pablo Casado, y se crio políticamente en las Nuevas Generaciones. Si hubo algo, pasó, o eso dicen. En el registro de relaciones informales tan solo le apuntan otra más, la que mantuvo con una chica que conoció cuando estaba en Patrimonio Histórico, en la Comunidad de Madrid. Encajaban, pero también pasó.

En sus gustos y aficiones hay un fondo aplastante de normalidad que no se esfuerza en disimular. Detrás de la fachada del traje de alcalde no hay un literato ni un cultureta. Lee ensayo e historia, cuando se tercia. En su coche puedes encontrar un recopilatorio de canciones de *Operación Triunfo* y música pop en general, sin demasiadas pretensiones. Viaja sin excesos aventureros, y es más de producto nacional que extranjero. Todos los años, el último fin de semana de julio, organiza una escapada a Motril con sus amigos de la carrera. Los mismos de siempre y para hacer lo mismo de siempre. En el grupo está el portavoz de Ciudadanos, Edmundo Bal, y Fernando Bertrán, Borja de Obeso, Diego Pérez, Mauricio Corral, Miguel Muñoz, Juan Rodríguez Cárcamo… Todos son amigos de la promoción de abogados del Estado de 2001. La gracia de las escapadas está en repetir las mismas rutinas una vez al año, ir a comer y a cenar a los mismos sitios, hacer las mismas cosas, costumbres que rompe excepcionalmente el destino, como cuando en uno de esos viajes se cruzaron con la invitación del padre de una amiga para que se acercasen nadando hasta el barco que tenía fondeado al lado de la playa. Todos se echaron al mar, pero cuando Almeida había recorrido un tercio del camino, se detuvo para advertirle al que estaba a su lado: «Oye, que yo no soy muy bueno nadando». Hoy todavía hacen bromas con aquella anécdota. Llegar, llegaron.

Aunque se le ha etiquetado en ese círculo elitista del Club de la Puerta de Hierro, el éxito de su imagen pública le viene de su perfil de tío normal, de esos a los que no hay que decirles cómo tienen que colocarse en la barra de un bar. Durante la pandemia ha constatado que el «partido» del Palacio de Cibeles solo lo puede ganar haciendo una política que integre tanto a sus antiguos compañeros del Retamar como a los vecinos que le aplaudían desde su confinamiento en los barrios más populares de la ciudad. En las elecciones municipales que le convirtieron en alcalde, el PP bajó de veintiuno a quince concejales, con un descenso de casi doscientos mil votos. Fueron los peores resultados de la historia del PP en el ayuntamiento y en la Comunidad de Madrid.

Además de las amistades de siempre destaca la buena relación que mantiene con su primo, Carlos Martínez-Almeida, que vive en Portugal con su familia y a quien visita todos los años. El alcalde es «gato» de los de verdad, hijo y nieto de madrileños, todos nacidos en Madrid, una especie en peligro de extinción. Uno de sus grandes méritos es haber conseguido que todo el mundo —o casi todo el mundo— hable bien de él. En su barrio de toda la vida le llaman por su nombre y le reconocen cuando pasa con su moto. Sabe reírse de sí mismo y con los amigos ha pasado muy buenos ratos a costa de los memes que difunden de él las redes sociales. Siempre está —o estaba— dispuesto a organizar una cena o una pachanga. Y sigue siendo el «Meja» para sus compañeros de clase de los años noventa.

5
Los hilos internos de Génova

El Partido Popular echa de menos un partido adulto. El PP votó a Pablo Casado como relevo de Mariano Rajoy porque quería una ruptura con el pasado, sí, pero también quiere que se respete cierto principio de continuidad. El partido quiere un cambio, pero desde la etapa de José María Aznar está acostumbrado a la regla que dice que las renovaciones se hacen sumando, por adición. Desde que Aznar se puso al frente del PP no habían tenido que superar una situación tan traumática como la que supuso celebrar la aprobación de los Presupuestos Generales del Estado de 2018 —los leyeron como la llave que permitiría a Rajoy agotar la legislatura— y verse unos meses después fuera del Gobierno.

A Casado le hace falta un «Estado Mayor» que posea la fuerza que demostró el que rodeó a José María Aznar en los años de oposición y en los años de Gobierno. Casado llegó y, como medida de autoprotección, limpió la herencia de Mariano Rajoy, pero cubriéndose el pecho y dejando la espalda al aire. Las referencias en cuanto a experiencia de Gobierno del nuevo

PP son las exministras Ana Pastor y Elvira Rodríguez, que tienen un muy buen expediente de gestión, pero no el colmillo del maquiavélico Federico Trillo, por poner un ejemplo. Trillo era una «serpiente», capaz de «volver locos a todos en el Tribunal Supremo». La comparación es de un compañero de partido.

Aznar se rodeó de un grupo de «soldados» con biografías complejas, algunas muy poco ejemplares, e incluso manchadas de corrupción —como ha demostrado el tiempo—, pero verdaderas máquinas de la política. Políticos malos, que no es lo mismo que malos políticos. También se puede ser un mal político malo.

Los políticos malos saben lo que quieren y no dudan en utilizar todos los medios a su alcance para conseguir sus fines, sin límites morales, éticos, ni legales. Saben manipular. Saben mentir. Son camaleónicos. Y saben que la política exige sacrificar los principios y las convicciones bajo la bandera de los principios y las convicciones. Por su parte, los malos políticos son aquellos que no saben otra cosa que buscar votos. Siempre han vivido del partido, e incluso ignoran que el liderazgo no es un brindis a la mediocridad. Esta definición también tiene su *copyright* entre los veteranos del PP de Aznar.

Casado tiene tiempo, pero debe resolver la apuesta para que el «síndrome de Hernández Mancha» se quede en un mero presagio de las Casandras del PP. Antonio Hernández Mancha ganó un congreso del partido, pero llegó Manuel Fraga y acabó con él. Hay que bucear en la memoria de la generación de Miguel Arias Cañete para entender qué significa ese «síndrome».

El ascenso de Hernández Mancha tuvo lugar en un congreso democrático, celebrado en febrero de 1987, en el que ganó por amplia mayoría a Miguel Herrero y Rodríguez de Miñón. A la vista de los resultados de su gestión, con el fracaso de la moción de censura a Felipe González en su cuenta de resultados, Fraga volvió a coger, provisionalmente, las riendas del partido y dejó atrás al que había salido elegido como su sucesor. A Casado puede «matarle» Aznar desde fuera o Rajoy desde dentro del partido, con Alberto Núñez Feijóo como «arma». Feijóo sigue siendo visto como el delfín de Rajoy, aunque en su día rechazara ese calificativo, y es el único que puede desestabilizar a Casado con solo desmarcarse en público de la estrategia de Génova. Rajoy y Feijóo siguen manteniendo una estrecha relación.

El futuro de Pablo Casado depende de su capacidad para gestionar el conflicto al que se enfrentan los populares europeos en toda Europa. Aunque los efectos de la pandemia puedan despejarle el camino en su tercer intento por llegar a La Moncloa, el alcance de su éxito o de su fracaso estará influido por la manera en que resuelva el choque entre el viejo PP, ahora más moderado, más de centro, y el nuevo PP, que en la mayoría de los países europeos ha buscado la complicidad —incluso la imitación— de la extrema derecha, aunque, en general, no le ha acompañado la suerte.

Alberto Núñez Feijóo: ese tren que no acaba de pasar

La sombra del presidente de la Xunta de Galicia se mantendrá sobre la dirección nacional del PP hasta que se retire de la política o hasta que Casado llegue al Gobierno de la nación. Núñez Feijóo tiene la fuerza interna necesaria para colocar al partido de su lado con solo mover un dedo y decir «aquí estoy».

Feijóo habría ganado el anterior congreso de julio de 2018 y hoy en día ganaría un congreso del PP si diera un paso adelante, por más que Casado haya tomado posiciones en la estructura orgánica del partido.

Los populares necesitan ilusión y un referente ganador. Y hasta que las urnas digan lo contrario, la única carta que acumula experiencia de ganar elecciones por mayoría es la del presidente de la Xunta. Aquí se observa bien el tópico del gallego que no se sabe bien si va o si viene, pero es indiscutible que tiene en su mano el futuro del PP. Si se moviera y quisiera coger las riendas del partido, no habría quien le parara.

Feijóo tiene experiencia de gestión. Cuenta en su haber con cuatro victorias electorales por mayoría absoluta. Y tiene un buen equipo a su lado, profesionales de la política y muy curtidos en la gestión. El expediente es válido, pero la impresión general en el partido es que solo una catástrofe podría sacarle de Galicia, al menos no antes de que Pablo Casado gaste su última bala en unas elecciones generales. El calendario le deja abierta esa puerta sin desdecirse de su mantra electoral: su compromiso es con Galicia. Habrá elecciones generales, sí o sí, antes de que acabe su actual mandato en la Xunta, y puede ser la última oportunidad de Casado. El líder del PP nacional apenas tuvo tiempo de consolidarse al frente del partido antes de su primera cita con las urnas (abril de 2019), que fue un desastre sin paliativos que cada vez más voces dentro del PP atribuyen a su decisión de escorarse demasiado a la derecha por temor a Vox. Y a la herencia de Rajoy, por supuesto. Luego, sin tiempo para reponerse, tuvo que gastar su segunda bala en las elecciones repetidas de noviembre de ese mismo año.

En cualquier caso, la política no es justicia, y Casado tendrá la oportunidad de presentarse a unas terceras elecciones generales, «salvo catástrofe», insisten en su partido. Y es muy improbable que, si pierde ante un Gobierno de coalición sometido a la furia de la pandemia, opte a un cuarto intento.

Si le sale mal, el PP cuenta con la salida de recibir con los brazos abiertos, como ya habría hecho en verano de 2018, al barón gallego. Los liderazgos políticos son cada vez más fugaces si los resultados no acompañan y, si no son buenos en las próximas generales, el partido se moverá. Las primarias que eligieron a Casado rompieron inercias en una formación educada en la obediencia a la unidad de acción que marca Génova. Y una vez que se rompe con las costumbres, ya no hay marcha atrás. Además, el equipo de Casado no tiene la fuerza interna que se le reconocía a los de Aznar o Rajoy. Son otros tiempos.

Cuando se hacen las proyecciones futuras sobre el efecto Feijóo a nivel nacional se suele pasar por alto que la política nacional no responde a las mismas claves que la política gallega, o quizá es más preciso decir que la política de Madrid no es la política de Galicia. En realidad, los expertos señalan que hay «dos Españas», la de Madrid y la del resto. Y que, por tanto, hay dos perfiles de votantes del PP, los de Madrid y los de fuera. Pero también es cierto que el presidente gallego ha demostrado capacidad de sobra para acomodarse a lo que pide la calle y oler lo que demanda el pueblo. En muchas ocasiones ahí está la clave del éxito, en la construcción de un personaje lo suficientemente flexible como para moverse en los grises, de tal manera que a unos les parezca que defiende el blanco y a otros el negro sin que resulte contradictorio.

Una crisis sanitaria no es razón para tumbar a un Gobierno y los viejos del partido lo saben bien. Los Gobiernos no caen por ese motivo. Pero es muy difícil que un Ejecutivo, del color que sea, resista a una crisis económica y social de primer nivel como esta en la que ya estamos inmersos. Por eso en Génova creen que la crisis sanitaria tumbará al Gobierno de Sánchez-Iglesias, y por eso concluyen que Casado tiene una oportunidad de oro. Si no la aprovecha, será inevitable que tenga que dejar paso a otro liderazgo.

En muchas ocasiones los partidos funcionan como empresas de poder. Pertenecen a un reducido número de políticos que hacen y deshacen sin rendir cuentas a nadie. En el supuesto de que se evaluaran como empresas, muchos de sus líderes ya habrían sido renovados por las bases por falta de eficiencia y productividad. Pero incluso esto también ha cambiado, y la evaluación que rige en la iniciativa privada comienza a instalarse en las formaciones políticas. Cuando no están en el poder, cada vez hay menos estructuras orgánicas capaces de resistirse al empuje del liderazgo de las bases, que quieren tomar el mando bajo la bandera de la democracia, aunque solo para que los jefes acaben convirtiéndose en la nueva oligarquía dominante.

Ni economistas ni políticos saben qué va a ocurrir en los próximos años y cuál será el alcance de la crisis económica. Catastrofistas y optimistas cruzan apuestas, pero la pandemia ha creado un escenario sin precedentes en el que no hay patrón que permita sacar conclusiones. La debilidad del Gobierno y la dimensión de las cifras de la crisis económica que anticipan todos los estudios, tanto privados como públicos, han llevado a la dirección nacional del PP a adaptar su estrategia a la hipótesis de que Sánchez caerá con el derrumbe de la economía, incluso con las ayudas europeas.

El Partido Popular afronta la crisis que deja la pandemia con las dos almas que conviven dentro del partido, cada una en su torre y siguiendo estrategias opuestas. Cuando se está en el Gobierno y se ejerce una responsabilidad institucional, siempre es más fácil elegir el camino que cuando eres el líder de la oposición y no tienes más tarjeta de presentación que la de pasar el duelo junto al partido del Gobierno. Casado lo tiene más difícil que Martínez-Almeida, que Díaz Ayuso y que los demás presidentes autonómicos o alcaldes del PP.

Pero, aun dando por bueno este principio, se la juega a la hora de manejar los tiempos. La presión de Vox influyó en la decisión de Génova de pisar el acelerador de la oposición, y, de hecho, habrá más movimientos pendulares, pero no rectificación en la estrategia de seguir el manual clásico de la oposición.

Los efectos de la pandemia

La presión de los poderes económicos para que haya acuerdos en las reformas que España necesitará en los próximos años es y será enorme. Movieron todos sus hilos durante el estado de alarma y han seguido haciéndolo. Hubo llamadas —directas e indirectas— del sector turístico y de otros referentes del Ibex 35 para que el PP ayudase y colaborase con Pedro Sánchez. Y también llegaron a Moncloa. El resultado en los dos casos ha sido el mismo. La iniciativa del diálogo la tiene el Gobierno y, si Sánchez se moviera, cambiaría el signo de la legislatura porque el PP tendría muy poco margen para no negociar un acuerdo. Sánchez puede estar en una situación extrema, pero el Gobierno siempre tiene esta baza en su mano. Otra cosa es que mida mal sus fuerzas o que se equivoque al utilizarla.

La política económica española del futuro estará condicionada por Bruselas. Si todo el arco parlamentario actuase con un poco más de rigor, el relato que se ofrecería a la opinión pública sobre el alcance del supuesto «maná» europeo sería ese. Las ayudas son necesarias para evitar la quiebra, pero son ayudas, por supuesto, condicionadas. Y esos créditos a interés casi cero solo se liberarán a favor de España si Bruselas y nuestros socios comunitarios entienden que ofrecemos garantías de que estamos en condiciones de devolver el dinero. La oratoria política permite presentar un mismo hecho en negro y en blanco, cuando lo más aproximado a la realidad suele ser el gris. Europa se está rescatando a sí misma, pero el préstamo es con condiciones y el dinero hay que restituirlo. La fantasía de que nos lloverán millones de euros para transformar nuestra economía a favor de un modelo sostenible, energético y sin precariedad laboral en el que los jóvenes españoles se sientan por fin reconocidos es una ficción distópica cuyo recorrido es muy limitado.

Sánchez y Casado, mientras duren políticamente, seguirán con la estrategia de dejar al otro fuera del acuerdo. La política se ha convertido —la han convertido o la hemos convertido los votantes— en un fuego cruzado, banal, en el que cada vez es más difícil que los gobernantes del momento entiendan cuál es el interés general y cuáles son los intereses de partido.

En los cuarteles de los partidos políticos manejan argumentarios clichés que se reciclan periódicamente para construir titulares de prensa y alimentar el debate mediático. La realidad parece invariable y no hay paso que se dé sin que antes se tenga en cuenta si suma o resta en la cartera de los votos. Salvo excepciones, la pandemia así lo ha confirmado. Por eso, salirse del cliché, como hizo el alcalde de Madrid durante los momentos más duros de la crisis sanitaria, pasa a ser titular de las primeras páginas de los periódicos.

Durante la crisis sanitaria, Martínez-Almeida hizo lo que pudo haber hecho Pedro Sánchez y no quiso —o no pudo— porque dentro del Gobierno está Podemos. También porque la oposición se comportó de manera distinta, pero está probado que, en momentos de crisis, un abrazo del oso bien armado por parte de quien gobierna suele suponer un problema para quien está en la oposición. A Sánchez no le ha quedado otra opción que reforzar el acercamiento a Ciudadanos y al PNV, y, sin decirlo, dejar en cuarentena a ERC, a la vez que embrida la fuerza de Podemos dentro de la coalición. No busca el acuerdo con el PP, pero sí con Íñigo Urkullu, con Inés Arrimadas, con los agentes sociales y con los empresarios. Les necesita para sobrevivir. Y para poder decir luego que el PP boicotea las medidas necesarias para que Europa nos entregue los 140.000 millones de euros negociados. En esta tensión estrictamente partidista saldrá con desventaja en el próximo pulso electoral aquel que aparezca como culpable ante la opinión pública de no atender al interés general por primar su interés particular.

Los secretos de Génova

Con los vaivenes de su oposición, durante los primeros meses de la pandemia Casado tomó conciencia de que necesitaba reforzar su equipo incluyendo en él a más perfiles como el de Martínez-Almeida. La dirección nacional del PP es una mezcla de elecciones y de obligaciones, sometida a la hipoteca de las condiciones en las que Casado llegó a la Presidencia de la formación. Por agradecimiento mantuvo a su lado a Adolfo Suárez Illana, hijo del expresidente del Gobierno Adolfo Suárez, pese a que su entorno político considerara que no era un valor añadido. Casado aguantó las presiones y, en un claro gesto de lealtad, no ha abandonado a su amigo.

Tiene a su núcleo duro, esto es, a Teodoro García Egea o a Antonio González Terol, «aguirrismo» puro este último. Y si, a la fuerza, incluso contra su voluntad al principio, ha dejado caer a satélites tan simbólicos como Cayetana Álvarez de Toledo, es porque comprobó, a base del método prueba-error, que no eran válidos para conseguir que el PP avanzase en su identificación con una oposición preparada para gobernar.

Las «cayetanadas» o las «Cayetanas». El lenguaje del Partido Popular acuñó los dos términos para referirse, despectivamente, a las salidas de tono y al pequeño grupo de más próximos a la que fue cesada como portavoz del Congreso el pasado mes de agosto. Ella misma le dio el empujón al líder del partido para que acabara tomando esa decisión y volver a repetir la historia de nadar contracorriente como diputada de base. En la anterior ocasión, con Mariano Rajoy como presidente del partido, aprovechó el escaño hasta que hubo que elaborar las nuevas listas y, entonces, cuando sabía a ciencia cierta que no repetiría, llegó su renuncia.

Hay que seguir el hilo del pasado para entender el presente. Cuando Casado citó en su despacho a Álvarez de Toledo, después de que en una entrevista en el diario *El País* ella hubiera dicho justo lo contrario de lo que él había manifestado una semana antes en *ABC,* la intención del líder era buscar una salida que le permitiera salvar su autoridad y mantenerla a ella en el puesto. La voluntad de la portavoz al entrar en su despacho era forzar el pulso para poder ofrecer el relato del cese ideológico, un relato que traía bien preparado de casa. Cayetana chocó con el secretario general del PP, Teodoro García Egea, pero lo que esta vez la derribó fue lo que también la hizo caer en su anterior experiencia como diputada: no tanto su afán de libertad ni su afán justiciero por librar la guerra de la batalla ideológico-cultural como su autoconvencimiento de que está varios escalones por encima de todos los que la rodean. Tan rotas estaban las relaciones que en Génova incluso le afearon ir «vestida y peinada de peluquería» el día que se reunió con Casado para, supuestamente, poder lucir bien en la rueda de prensa que pensaba convocar. Cada parte expone sus razones y, como decimos, la verdad suele estar en el gris, pero su caída colocó a Casado en el mismo dique en el que ya estuvo Rajoy, el del cerco ideológico dirigido por los satélites que controla la exportavoz para desestabilizarle como líder del partido. La salida de Cayetana siempre hace que vuelva a activarse el ejército de los que se creen protectores de las esencias de la derecha española.

Pero en todos los partidos los «ismos» son más mito que realidad. Cuando uno se va y deja de tener influencia, de mandar en las listas y de marcar el destino con el dedo, las «cortes» acaban disgregándose. En el PP no hay «marianistas», y eso que está reciente el «funeral» de Mariano Rajoy y muy fresco en la memoria colectiva lo que llegó a significar dentro del partido el expresidente del Gobierno. El otro expresidente del PP, José María Aznar, hace mucho más ruido fuera que dentro. Su peón más simbólico era Cayetana Álvarez de Toledo y, aunque ha mantenido a algunos de sus «fontaneros» bien colocados en la nueva dirección, más allá de Madrid no hay «aznaristas», e incluso en Madrid se cuentan con los dedos de una mano. Estaban Álvarez de Toledo y quienes se movían a su alrededor, pero poco más, aunque se exagere la sombra de Carlos Aragonés, omnipotente jefe de gabinete de Aznar cuando lideraba la oposición a Felipe González y en los primeros Gobiernos del PP.

El «aznarismo» intentó tomar posiciones en la nueva dirección del partido tras la defunción política de Mariano Rajoy. Casado les dejó espacio porque necesitaba apoyos y *sherpas* para, a sus treinta y siete años y sin experiencia previa de gestión pública, tomar las riendas de un PP que acababa de ser expulsado del Gobierno de la nación. Permitió que se posicionaran, pero luego tuvo que desplazarlos en su búsqueda del «centro», condicionado por el juicio externo y también por el cambio de estrategia de Ciudadanos. En la nueva etapa que se abrió en el verano de 2018, el PP ha ido recomponiendo a trompicones su estrategia bajo el tópico de la derechización, justificada en la recuperación de los principios abandonados por el «marianismo» y en la necesidad de pisar el freno cuando el empuje de Vox les obligó a apartarse demasiado del discurso con el que pueden ampliar su base electoral. Así, Casado recurrió a colaboradores externos, como Rafael Rubio, profesor de Derecho Constitucional, que le recomendó varias actuaciones. Y ha ido dejando caer a consolidados críticos de la etapa final de Rajoy, a los que hizo sitio en el nacimiento del «casadismo», como Javier Fernández-Lasquetty, ex número dos del último gabinete de Aznar en La Moncloa y ex secretario general de FAES. Casado le apartó de la Presidencia del partido, pero le acomodó en el Gobierno de la Comunidad de Madrid.

En su puesto puso a su amigo Pablo Hispán, que procede del último gabinete de Presidencia de Moncloa con Rajoy y que antes estuvo ligado a la asesoría del Grupo Popular en el Congreso, a la Comunidad de Madrid y a la fundación presidida por Aznar, donde se encargó de los programas para Estados Unidos y México.

Casado recurrió a compañeros y a amigos de su paso por la política madrileña o por FAES, donde dirigió el gabinete de Aznar entre 2009 y 2012. Creció políticamente a las «faldas» del expresidente y luego de Esperanza Aguirre, y, lógicamente, al llegar a la dirección nacional del PP, confió en sus raíces por amistad y porque ideológicamente se siente más cómodo en el perfil más conservador.

Sin embargo, el que más manda, su número dos, Teodoro García Egea, nada tiene que ver con el «aznarismo». Y ya no queda ninguna organización territorial en la que el expresidente tenga mano. Hay personas de Aznar, pero no estructuras. También se ha quedado en la nada el «sorayismo», que en realidad nunca existió como corriente, o los «cospedales». Los partidos son de memoria muy corta: pierdes el bastón de mando y entonces pierdes la capacidad de influencia. En el PP hay «casadistas», están «los de Feijóo» y empezaba a haber «almeidistas», hasta que al alcalde le cayó el caramelo envenenado de la Portavocía del partido. Y ya puede cerrarse el listado. Como hemos dicho, Díaz Ayuso queda inscrita en el «casadismo», y los otros grandes referentes territoriales, como Juan Manuel Moreno Bonilla o Alfonso Fernández Mañueco, están centrados en asentarse en sus territorios respectivos, aunque el poder de sus organizaciones regionales, sobre todo en el caso andaluz, tenga una influencia determinante en el reparto de fuerzas nacionales.

La reconstrucción de la marca

Mariano Rajoy dejó una marca muy desgastada y sin banquillo. El «marianismo» no fue capaz de salvar las siglas del barrido que provocaron los casos de corrupción acumulados en el tiempo. Rajoy venía de ese pasado. Y la pelea entre María Dolores de Cospedal y Soraya Sáenz de Santamaría, con Rajoy dejando hacer, tuvo consecuencias perversas para la salud territorial del partido. El PP quedó abandonado porque todas las energías se gastaban en las peleas que se desarrollaban en las alfombras de La Moncloa. Sobre este erial, Casado ha tenido que ir haciéndose un camino.

Todos los líderes tienen la tentación —y acaban cayendo en ella y convirtiéndola en uno de sus peores pecados— de rodearse de estructuras orgánicas dóciles que les sirvan de parapeto por si vienen mal dadas, y que sean fieles al jefe, aunque haya mejores valores en la cantera. Lo que dejó Rajoy era tierra quemada, y sobre ella Casado ha tenido que levantar su primer fortín.

Pero, al mismo tiempo, tanto la tierra quemada como la extinción del «marianismo» permiten que Casado no tenga que pelear en la oposición con liderazgos alternativos ni que deba soportar zancadillas en proyectos personales. El debate sobre el que ha de asentar su política es puramente estratégico, aunque tenga un matiz ideológico.

Casado es conservador en su moral y en su manera de ver la vida. Muy parecido, por cierto, a Martínez-Almeida, pero aún debe demostrar que posee la intuición necesaria para saber qué siente la opinión pública y la audacia para arriesgar en los momentos clave. La pandemia dio la oportunidad al alcalde de Madrid y supo aprovecharla, como le reconocen mayoritariamente en su partido, sean del sector que sean. Casado todavía tiene que superar esa prueba, aunque los obstáculos que le esperan en el camino a La Moncloa no vienen tanto de liderazgos alternativos como de que esos liderazgos se construyen, por definición, con una estrategia distinta a la que marca la dirección nacional.

El debate que condicione la vida interna del Partido Popular hasta las próximas elecciones generales se sostendrá, por la presión de los efectos de la pandemia, sobre la base de si deben ser más colaboracionistas o menos con el Gobierno de Sánchez. La política que este elija para sortear la crisis económica alentará o apaciguará la discusión, pero es el gran tema alrededor del cual girará la pugna dentro del principal partido de la oposición.

Los nefastos datos del desempleo en España, junto con el hundimiento histórico de la economía, han colocado al país en una situación técnica de recesión cuya salida es muy incierta. Cuanto más se tarde en asumir la realidad económica, más tardará en encarrilarse la futura recuperación. Y las reticencias de Unidas Podemos a abrirse a otras alianzas parlamentarias no pueden suponer un freno para buscar un acuerdo lo más amplio posible ante la peor crisis a la que ha tenido que hacer frente nuestro país.

Casado solo podrá ser una opción de gobierno si acierta en su operación de unión del centro-derecha. Una refundación con la que Génova sueña y que pasa por la absorción de Ciudadanos. El futuro de la formación naranja es más incierto que el de Vox, que seguirá siendo, con más o menos escaños, un adversario político de Casado en las próximas elecciones generales. En el PP, incluso, temen que, si se diera la opción de gobernar, Vox no aceptaría repetir la fórmula autonómica a nivel nacional; es decir, permitir que PP y Ciudadanos gobiernen con su apoyo externo.

Vox es un dolor de muelas para el Partido Popular. Ciudadanos también lo fue porque Albert Rivera creció como la espuma por la corrupción del PP de Rajoy y Aznar. Pero sin un liderazgo vinculado directamente a esa corrupción, como le ocurre ahora al PP, Ciudadanos no tiene posibilidad de llegar a los niveles de voto que alcanzó cuando Rajoy estaba al frente del PP. Pero Vox es otra cosa. Es la derecha de la derecha. Son votantes del PP, o abstencionistas, que se movilizan por unos planteamientos ideológicos que para Casado suponen —si los asumiera— alejarle del centro que necesita para conseguir ser una alternativa a la izquierda.

La refundación del centro-derecha es la llave del futuro de Pablo Casado. Tendrá que ser el Fraga del siglo XXI, aun con todas las diferencias con el contexto político de entonces. En el V Congreso Nacional de Alianza Popular, que se celebró en el Palacio de Congresos y Exposiciones de Madrid en 1982, el partido venía crecido tras el triunfo en Galicia. Hubo muchas enmiendas a las ponencias y la definición de AP como un partido de centro-derecha fue muy contestada, como bien describe Manuel Penella en su libro *Los orígenes y la evolución del Partido Popular.* Entonces optaron por el camino más fácil, que era dejar sin especificar el espacio político del partido. «Nos hemos definido como conservadores puros y liberales», sentenció Manuel Fraga. Sin embargo, en realidad, como da cuenta Penella, la carga conservadora se impuso sobre el resto de corrientes.

En 1998, con José María Aznar ya en el Gobierno, el entonces jefe del Ejecutivo se proclamaba como el padre del centro-reformismo del siglo XXI. En unas declaraciones al diario *Tiempo,* de Bogotá, Aznar dijo: «Dirigí el partido desde 1990 hasta 1996, cuando se convirtió en Gobierno y en el primer partido de España. Es hora de construir una fuerza política de lo que llamo centro-reformista de cara al siglo XXI.

Tengo que hacerlo yo y lo estoy haciendo. Estoy muy ilusionado con este proyecto».

El centro es como la Atlántida. Es un punto mítico que todos dicen buscar y que todos reivindican para sí mismos porque las encuestas les prometen que las elecciones se ganan por el centro. Pero el centro de Aznar poco tiene que ver con el de Rajoy. Incluso el centro del Aznar de hoy poco tiene que ver con el centro del Aznar del Gobierno del PP de 2000. A Núñez Feijóo se le podría identificar mejor con este último, mientras que a Casado le cuelga mejor la etiqueta del primero, el del Aznar de hoy. Pero, en realidad, todos son rótulos circunstanciales y tan difusos como la mítica isla descrita en los diálogos *Timeo* y *Critias*.

Si Casado llega al Gobierno, tiene más sencillo «hacerse un Almeida» que hacerlo mientras busca su hueco en la oposición. Nadie en el PP duda de que será un presidente del Gobierno de centro. El objetivo es reproducir al Aznar de la mayoría absoluta de 2000, a pesar del obstáculo de Vox. Pero para ello debe buscar el punto adecuado de la tabla con el que surfear dos olas que van en dirección contraria. La refundación de Ciudadanos con Inés Arrimadas consiste en volver a ser el Ciudadanos de Albert Rivera en sus orígenes. Un partido bisagra, con guiños socialdemócratas —aunque oficialmente los nieguen—, porque lo que les dice su demoscopia es que la única manera que tienen de sobrevivir políticamente es marcando diferencias con el PP y cazando votos en el caladero socialista. En el nuevo Ciudadanos han tomado posiciones dos hombres, Edmundo Bal, el abogado del Estado purgado por el Gobierno de Sánchez, y Carlos Cuadrado, uno de los fieles al aparato «riverista». Los dos están firmemente convencidos de que el camino está en jugar a dos bandas; esto es, mantener los acuerdos autonómicos con el PP y buscar el acuerdo con el PSOE desde una posición crítica. Es una jugada arriesgada, pero es la que han diseñado mirando a las próximas elecciones generales, salvo que Sánchez se lo ponga imposible. Y no parece que el Sánchez de la pandemia esté en condiciones de prescindir de los votos de la formación naranja.

Para Casado resulta estratégicamente más fácil surfear esta ola de un Ciudadanos que coquetea con el Gobierno socialista —siempre que supere las propias contradicciones en las que incurrió durante el estado de alarma y el desconfinamiento— que la ola que dirige Santiago Abascal para empujarles por la derecha.

Abascal conoce bien los puntos débiles de la organización popular porque él mismo se enfrentó a ellos desde la comodidad que suponía militar en la excepcionalidad del PP vasco cuando ETA aún seguía activa. Sabe qué tornillos debe apretar para incomodar a la dirección popular en su relación con su votante más a la derecha, y esto pone nerviosa a buena parte de la dirección popular. En unos casos, por dudas estratégicas; en otros, más puntuales, porque se sienten más cómodos con lo que pregona Vox que con lo que dice la letra del discurso de su partido. Aun así, la crisis de la Covid-19 ha brindado a Casado una oportunidad de oro para tapar las debilidades heredadas —y propias— y alcanzar en un tiempo récord el Palacio de la Moncloa.

El líder nacional del PP escucha a muchas personas de su partido, pero su círculo de confianza es muy estrecho. Hay una diferencia generacional insalvable con algunos dirigentes territoriales, pero lo que de verdad abre una distancia insuperable es la falta de confianza, además de la distorsión que muchas veces genera ese complejo de superioridad del veterano por tener más experiencia y más años. El líder popular pisa un terreno inestable y, en muchas ocasiones, las decisiones se improvisan y se rectifican sobre la marcha en función de cómo responde el tablero político. En realidad, esto no es una excepción en el clima de la política actual, sino la norma.

Dudar no es malo, ni siquiera en política. Rajoy, para justificar su indecisión, decía a los suyos que muchas veces lo más difícil era no tomar una decisión. Si el líder popular acierta con la bala que le queda en la recámara, será el David que venció a Goliat. Pero si no lo hace, los suyos ni siquiera le reconocerán el mérito de haber intentado ser David. Así funciona la política.

En el camino hasta el punto de inflexión que marcarán las próximas elecciones generales, el poder popular reside en la bicefalia que Casado ha formado con Teodoro García Egea. Por carácter, son el yin y el yang, dos opuestos, la imagen de rectitud y austeridad castellana que ofrece Casado, frente al vividor, bromista y desenfadado número dos. Casado intenta echarse años encima. Para ello se cambia de *look* y se deja barba, que envejece, con el fin de disfrazar su aspecto demasiado frágil y falto de experiencia. Por su parte, García Egea hace gala de la nueva generación que representa y es capaz de enseñarte la zona de su despacho donde se encuentra la PlayStation para echarse unas partiditas con las que descomprimir la tensión del día. La estrecha relación entre ambos la

En la primera comunión de su hermana Mayi en 1980 en la parroquia de María Inmaculada. José Luis está junto a su padre, Rafael.

Reunión navideña con la familia paterna hacia 1986. A José Luis se le puede ver sentado junto a su prima Ana (con camisa roja).

Otra imagen de unas Navidades en familia. José Luis está sentado a la derecha, con un jersey a cuadros.

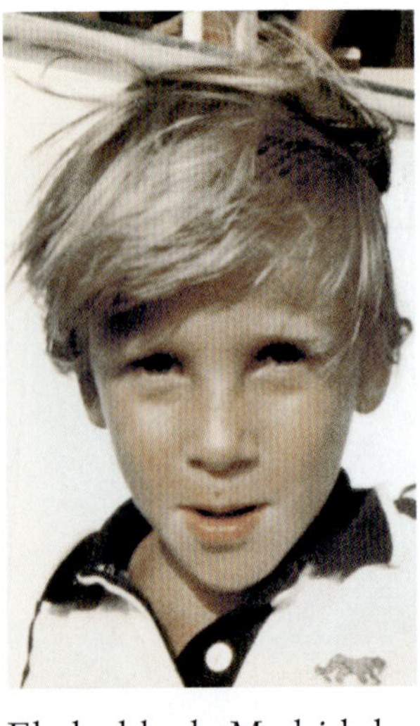

El alcalde de Madrid durante unas vacaciones de Semana Santa.

Con los abuelos maternos, José Luis y Casilda, en la casa familiar de Cercedilla. El futuro regidor de Madrid lleva un polo de color rosa.

Durante una visita a su hermana Ángela en Miami en el verano de 1988, cuando Ángela estudiaba en la Universidad. De izquierda a derecha, Ángela, Mayi, José Luis y Rafael.

José Luis Martínez-Almeida, primero por la izquierda, con sus hermanos Mayi y Rafael.

En la casa de Cercedilla durante la boda de Mayi. Era el verano de 2000, el último que el alcalde, agachado en el centro, pasó en la localidad de la sierra de Guadarrama.

Junio de 2001. Un día antes de la boda de su hermana Ángela.

Con María Pelayo, la primera persona que le dijo que él podía ser alcalde.

Guardando un minuto de silencio desde su despacho del Palacio de Cibeles, sede del Ayuntamiento. Marzo de 2020.

En el despacho de la Sala de Madera durante una Junta de Gobierno telemática. Marzo de 2020.

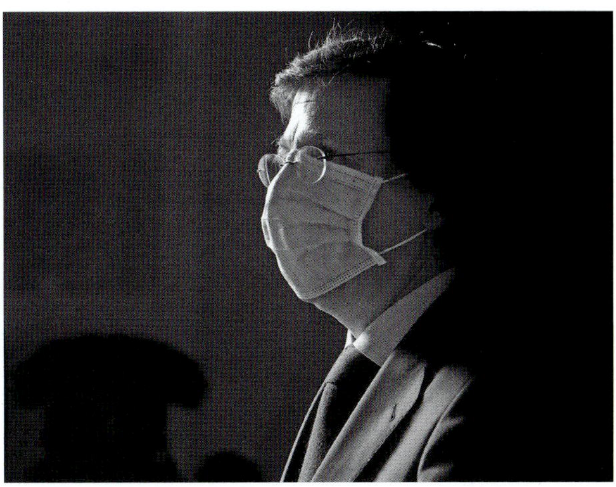

En la misa oficiada en la catedral de la Almudena el 26 de abril de 2020 en memoria por los enfermos y fallecidos por el coronavirus.

En su visita al almacén del Plan Territorial de Emergencia Municipal del Ayuntamiento de Madrid (PEMAM).

El alcalde agradeció a los efectivos del SAMUR por el trabajo y el esfuerzo realizados durante la pandemia.

Uno de los momentos icónicos de aquellos meses de angustia fue la imagen de Martínez-Almeida ayudando a mover cajas en una cadena humana de un banco de alimentos en Vallecas. Abril de 2020.

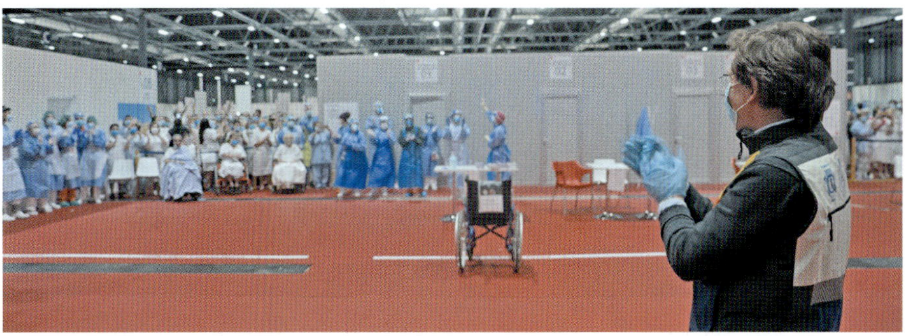

Visita al hospital de campaña de IFEMA. 7 de abril de 2020.

Durante un acto en el hospital 12 de Octubre. 17 de abril de 2020.

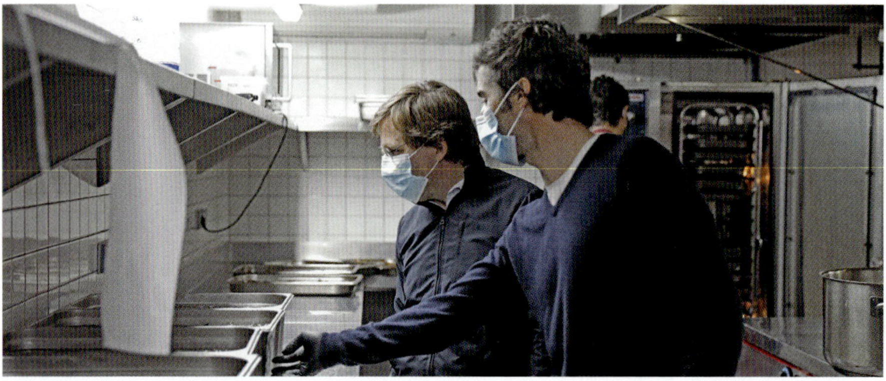

El alcalde acudió al restaurante Carbón Negro, donde se esperaba un cargamento para la elaboración de menús solidarios. 20 de abril de 2020.

«Gracias por enseñarnos a no dejar nunca de creer. Tus concejales y tu equipo».

forjaron en el Congreso de los Diputados a cuenta de la convivencia obligada por tener despacho en la misma planta durante las legislaturas de Mariano Rajoy.

García Egea es el Francisco Álvarez-Cascos de Casado. La campechanía esconde una mano de hierro que en la operación «renovación-limpia» del partido ha generado muchas reticencias territoriales. No le cuesta ejercer de «poli malo» y su proyección ascendente hace que en su formación le vean como uno de los hombres fuertes de un futuro Gobierno de Casado. Las críticas internas le refuerzan ante el líder porque es el valido que no se anda con miramientos si tiene que ensuciarse las manos por el bien superior.

Dentro de Génova, García Egea ejerce también una función de contrapeso de las inercias más «aznaristas» que intentan actuar sobre el líder nacional. La manera más simple de explicar el mito de la influencia de Aznar en Pablo Casado es recurriendo al vínculo personal de este con los escoltas del expresidente del Gobierno. «Teo», como le conocen en el partido, no viene de esa rama, nunca ha trabajado para Aznar ni se identifica con los defensores más acérrimos del «aznarismo». Pero tampoco con los del «marianismo». Su tono bronco y excesivo puede llevar al error de encasillarle como un clon del número uno, pero no tienen nada que ver. En su día a día, Casado es la rutina, la normalidad; García Egea presume de su afición por los deportes de riesgo y dicen de él que a la menor oportunidad te suelta los kilómetros que ha corrido el día anterior o el último desafío deportivo que se ha marcado. Estuvo encargado de la reordenación del partido y compartirá el éxito o el fracaso de Casado y su futuro político.

Casado es un líder de camarilla pequeña. La versión oficial dice de él que escucha y que habla con mucha gente, pero en su núcleo duro, esto es, en el de la toma de decisiones, las manos están contadas. De los momentos decisivos ni siquiera participa todo el comité de dirección del partido, y mucho menos los dirigentes territoriales. Los partidos, sean viejos o nuevos, siguen teniendo la misma estructura de mando piramidal y poco inclusiva. En este cerrarse sobre sí mismos influye tanto la falta de confianza como el miedo a las filtraciones, y muchas veces también la falsa sensación de que cuanto más se blinde el liderazgo más fuerte se hace.

En las proyecciones sobre por dónde debe ir el futuro del PP hay dirigentes con mando —no solo lo dicen las bases en privado— que extienden la refundación del partido hasta el límite de considerar conveniente desvincular las siglas de la imagen de la sede de Génova. Nueva etapa, nueva sede, e incluso, si fuera necesario, retoque en la marca para integrar a Ciudadanos. Estas son palabras mayores para un partido tradicional en sus formas y en su esencia, pero están en la cabeza de quienes creen que la formación debe borrar del recuerdo del electorado aquellas dolorosas imágenes de diciembre de 2013 cuando decenas de agentes de la Policía Nacional hacían guardia en la puerta principal de la sede del PP durante el registro que buscaba documentación referente a las obras de reforma que realizó el partido entre 2005 y 2011.

6
El ideario del alcalde-portavoz

A José María Álvarez del Manzano, sevillano, todavía le piden en la calle que vuelva a ser alcalde de Madrid. Si le preguntas a Almeida qué desearía ser de mayor, te dirá que quiere ser como él. Es la salida menos comprometida y polémica, y la menos arriesgada, para no quedar mal con nadie. Pero es que, además, Álvarez del Manzano sigue siendo una figura muy querida en el imaginario madrileño, a pesar de lo que dio de sí la chanza de la izquierda a costa de su campechanía y su perfil conservador.

Álvarez de Manzano estuvo tres legislaturas como alcalde de Madrid, desde 1991 a 2003, siempre con mayoría absoluta. Pasada la frontera de los ochenta años, todavía no se ha jubilado y sigue acudiendo a su despacho en Cremades & Calvo-Sotelo. Católico convencido, aficionado al mus, al tenis y, sobre todo, a su familia, aparte de los doce años como alcalde, estuvo y otros doce como concejal. Tras toda una vida dedicada a la actividad municipal, en su despedida dijo que su deseo era no haber dañado ni perjudicado nunca a nadie. Las crónicas de la época subrayan que todos los concejales de la oposición, salvo un socialista de Renovadores por la Base, le despidieron puestos en pie.

El espejo en el que se mira Martínez-Almeida es el de este alcalde tradicional con el que comparte convicciones religiosas y que entendía, como él, que defender la vida o los principios esenciales no es ser conservador ni depende de la edad. Álvarez del Manzano decía que los votantes tienen derecho a conocer a la persona a la que votan, aunque no haber ocultado nunca sus valores morales le costase las críticas de sus colaboradores y llenase de felicidad a sus adversarios.

Antes de que Génova designara a su candidato por Madrid para las elecciones de 2019, el viejo alcalde levantó la mano en apoyo de Almeida y, cuando se le preguntaba, decía que era, sin duda, una buena opción y destacaba su excelente preparación.

De todos los regidores de la Villa de Madrid, Almeida se fija en un político que se ganó a la opinión pública con su trato afable y que dejó como herencia grandes e importantes infraestructuras que la ciudad necesitaba, como IFEMA o el Palacio de Congresos. También está orgulloso de su política de urbanismo, con la que consiguió el pleno empleo en el sector de la construcción con obras faraónicas como la plaza de Oriente. Almeida lo tiene difícil para empatarle, porque Álvarez del Manzano incluso consiguió la candidatura olímpica de la ciudad para los juegos de 2012. La «era Manzano» dejó en herencia la transformación del urbanismo, de las infraestructuras y un pionero sistema de emergencia de ambulancias, el Samur.

Martínez-Almeida puede pensar de forma muy parecida a Álvarez del Manzano, pero está más trabajado como político. Hay quien dirá que en el primero hay más impostura, pero, se llame como se llame, lo cierto es que Almeida mide mejor cómo ha de pisar el terreno para ampliar el abanico de influencia y no resbalar en público con declaraciones como las que llegó a hacer Álvarez del Manzano; un manjar para la izquierda, rápida en utilizarlas para dar forma a su caricatura. «Las uniones de hecho están provocando muchísimo más deterioro en la convivencia, y se produce más violencia en el seno de las uniones de hecho que en las matrimoniales», dijo el viejo alcalde en el verano de 2000 para valorar la noticia de que un guardia real había asesinado de un hachazo a su compañera sentimental y herido a la hija de esta.

El relevo, más de veinte años después, cuelga en Instagram su foto, rodeado de mujeres en una gran mesa redonda, para conmemorar el Día de la Mujer. También planta cara a Vox por «reventar» un acto en el que se guardaba un minuto de silencio por una víctima de violencia machista. Para él, la violencia de género es una lacra que la sociedad debe combatir con todos los medios a su alcance, pero la línea de separación con la izquierda la marca su crítica a la ideología de género, con la que, según denuncia en su discurso, la izquierda busca patrimonializar el feminismo y la defensa de la mujer. Hay una parte de la derecha que sí ha abierto la reflexión sobre el error de dejar vacío este espacio de reivindicación de la igualdad entre el hombre y la mujer, que es un terreno que sindical y asociativamente controlan los partidos de izquierdas. Cuando más se había equilibrado la situación, la irrupción de Vox volvió a desempatar y a generar conflicto dentro de las fuerzas que conviven en el PP. Almeida es un político de pensamiento conservador, pero con el suficiente olfato como para saber adaptarlo a la dirección hacia la que evoluciona el electorado en el que aspira a conseguir votos.

Todos los alcaldes saben que necesitan un proyecto ambicioso que haga que su nombre quede grabado en la historia de la ciudad. El problema de Almeida es que, si se mira en el espejo de los alcaldes de su partido, Alberto Ruiz-Gallardón le dejó el listón muy alto en cuanto a obras titánicas se refiere. Quitarle a Gallardón el título de «alcalde faraón» es prácticamente imposible, si tenemos en cuenta el soterramiento de la M-30, Madrid Río o el nuevo ayuntamiento. Aunque también tuvo sus sombras, como el fracaso de la aventura olímpica o la deuda histórica que dejó en el cajón a Ana Botella.

El equipo de Martínez-Almeida conoce bien el terreno en el que juega y no se ha fijado como objetivo acometer ostentosos proyectos urbanísticos o de infraestructuras para competir con «el Faraón». La epidemia de la Covid-19 hizo saltar por los aires todos los planes y hubo que ponerlos en cuarentena, como todo lo que toca el virus. Pero hace falta un objetivo de legislatura. Dentro de cuatro años el proyecto de Almeida se medirá como ganador o perdedor en función de la sostenibilidad y la digitalización de Madrid. Esto es lo que dice la teoría, si bien la nueva realidad hace pensar que lo que marcará su éxito o su fracaso será su capacidad de gestionar la crisis social y económica en el ámbito municipal y dar vigencia al acuerdo de reconstrucción que firmó con la oposición. Desde el ayuntamiento lo tiene mucho más fácil que en el Gobierno de la nación, ya que, cuando vienen mal dadas a nivel nacional, el desgaste cae principalmente en quien está en La Moncloa.

A día de hoy, no hay proyecto político que pueda sobrevivir, desde el punto de vista del *marketing* comunicativo, sin tener como *mainstream* esos dos conceptos, sostenibilidad y digitalización, los dos vectores del programa de gobierno de quien —vueltas de la política— llegó a la alcaldía con la fuerza, como motor de cola, de su feroz oposición al principal proyecto de su antecesora, Manuela Carmena, para hacer la ciudad medioambientalmente sostenible. En la oposición, Almeida fue la furia contra Madrid Central, que supuso el cierre de la «almendra» de la capital al tráfico. Ahora, desde la alcaldía, su Gobierno anuncia medidas extraordinarias y urgentes para salvar la zona de bajas emisiones del centro, tras la suspensión de Madrid Central por el Tribunal Superior de Justicia de Madrid (TSJM) a instancias, precisamente, del recurso presentado por el PP cuando estaba en la oposición. La flexibilidad del «modelo chicle» es aplicable a la política de hoy, y el equipo de gobierno del ayuntamiento respondió a la suspensión decretada por el TSJM con la decisión de buscar un plan alternativo para preservar la zona de bajas emisiones diseñada por su predecesora.

De la M-30 a la digitalización

Como decimos, las banderas por las que Martínez-Almeida quiere medirse en la alcaldía son la sostenibilidad y la digitalización. Promesas que han hecho casi todos los que han tenido el bastón de mando, pero que no fueron más allá de enganches publicitarios para la imagen de su gestión.

La sostenibilidad y la digitalización exigen inversión y enfrentarse, sobre todo en el primer caso, a unos *lobbies* para favorecer a otros, aunque, en la medida de lo posible, de manera equilibrada. El concepto de desarrollo sostenible es muy antiguo, viene de 1992, de la Cumbre de la Tierra celebrada en Río de Janeiro. Aunque, de manera conceptual, lo sitúan en el Informe Brundtland, publicado en 1987*. Almeida lo ha leído y, más allá del reduccionismo que todos los partidos plantean en campaña electoral, es consciente de que en este momento ninguna ciudad tiene futuro si no consigue el calificativo de «ciudad sostenible», a pesar de que la incertidumbre europea es clamorosa. Los países nórdicos han empujado, pero Europa parece dividida y cansada. Y, mientras tanto, China se ha convertido en el principal valedor de la agenda del desarrollo sostenible.

Bajo el fuego político, Madrid, como todas las grandes capitales europeas, necesita que Bruselas crea en su proyecto de calidad del aire para evitar las sanciones por las altas dosis de contaminación de la capital. El proyecto con el que Almeida quiere que se le recuerde como alcalde es «Madrid 360», pero la magnitud de la catástrofe económica y social que ha dejado la pandemia altera las prioridades y los instrumentos para

---

* Informe que enfrenta y contrasta la postura del desarrollo económico actual junto con el de sostenibilidad ambiental. Fue realizado por la ex primera ministra noruega Gro Harlem Brundtland *(N. de las A.)*.

conseguir que la opinión pública valore cualquier gestión como merecedora de aplauso.

Martínez-Almeida es de los políticos que creen en el valor añadido de la gestión. Esto, en su literalidad, suena mucho más a vieja política que a la actual, a base de tuits, aunque el bombardeo a través de las redes sociales fue determinante para que se hiciera un nombre en la oposición y para fortalecer su campaña a la alcaldía.

La capacidad de adaptación es otra de sus características. Recordemos que los manuales de autoayuda siempre destacan que la habilidad para ajustarse al cambio es un factor clave para el éxito. El salto en su evolución se ha producido con la llegada al poder, pero detrás del retrato que se ha construido a través de sus mensajes —los de su etapa en la oposición y los que nos han llegado por los medios de comunicación— hay un político positivista y funcional.

Su análisis de los efectos de la pandemia de la Covid-19 dice que la sociedad española nunca se ha enfrentado, desde la Guerra Civil, a una situación tan dramática en los ámbitos sanitario, económico y social. Ante semejante escenario, el juego de la vieja política puede durar más o menos, pero tiene fecha de caducidad, y por eso decidió posicionarse desde el primer momento al lado del ejército de voces que sentenciaron que España «se irá al carajo» si no se producen unos mínimos acuerdos entre los principales partidos. Vieja política, para él, es que el PSOE y el PP no sean capaces de pactar unos Presupuestos de la Reconstrucción, aunque la responsabilidad y la culpa las descarga únicamente en el presidente del Gobierno. Tiene opiniones propias, visiones distintas en algunas cuestiones estratégicas, pero, a diferencia de otros versos sueltos que triunfaron en su partido, él prefiere hacer lo que piensa, pero disimulando la diferencia para evitar el conflicto. La responsabilidad de gobierno te permite con más facilidad ser estadista que cuando estás en la oposición, aunque es cierto que los grandes líderes también arriesgan saliéndose de las convenciones en situaciones excepcionales.

Martínez-Almeida fue el primero que firmó un pacto con la oposición para enfrentarse a la pandemia y dice que, si fuera el presidente del Gobierno, habría llamado todos los días al jefe de la oposición para hacerle cómplice de sus medidas. Es de los que piensan que Sánchez perdió la oportunidad de reinventarse por no hacer, siquiera, el gesto de renunciar a la confrontación con el PP, aunque solo fuera por anularles como oposición. El alcalde de Madrid le augura corta vida al Gobierno de Pedro Sánchez. El tiempo dirá si aciertan los que le ven terminando la legislatura o aquellos —y Martínez-Almeida está entre estos— que tienen el pálpito de que no resistirá por la presión de la calle y de la economía.

La gestión publicitaria de los efectos de la pandemia permite hacer un tratado de la comunicación política en tiempos de crisis. La apuesta de La Moncloa fue rebajar la verdad y la de la oposición nacional, exagerarla. Los mismos patrones que se usarían si lo que se estuviera gestionando fuera una legislatura normal, con sus baches y problemas, pero sin cifras catastróficas de muertes, paro y hambre.

Almeida pronostica que el Gobierno de coalición no resistirá este abismo porque lo primero que tendría que haber hecho era «no mentir a los españoles» y ser claro respecto a la condicionalidad de las ayudas europeas. O, dicho de otra manera, asumir la dimensión de la tragedia y anticipar la necesidad de sacrificios para resistir el golpe. Esta es una mirada que parte de la ética «churchilliana», muy recomendable en el discurso, pero que cuando se practica desde el ejercicio del poder pocas veces acaba protegiendo al político de un desgaste que le condena a la caída, según nos enseña la evidencia empírica, aunque pueda llevarse con él el alto honor de haberse inmolado por la salvación de la patria.

A Martínez-Almeida se le puede situar en la corriente del PP que interpreta que el presidente del Gobierno está en la cuerda floja. Sin credibilidad ante la opinión pública, después de haber convocado en noviembre unas elecciones plebiscitarias tras las primeras elecciones de abril de 2019, el PSOE perdió casi ochocientos mil votos y tres escaños. La estrategia centrada en los abstencionistas y en el electorado de Ciudadanos no funcionó.

La ventaja de Sánchez, y el problema del PP, es la fractura de la derecha. Y en este debate, Almeida se sale del cajón en el que se le ha metido por el personaje político que fue cuando estuvo en la oposición en el ayuntamiento de la capital, que parecía estar mucho más cerca de Vox que de la moderación que reivindica para sí Ciudadanos. El gallo de pelea contra Carmena cree que el éxito del PP reside en ser un partido en el que pueden y deben convivir corrientes, esas dos almas de las que ya hemos hablado, la más dura y la más moderada, siempre y cuando no abandone su vocación de partido de Estado y de Gobierno capaz de aglutinar a una amplia mayoría.

En su opinión, el caladero de votos del PP está en el millón de votantes de Ciudadanos que, pudiendo haber apoyado al PP en las últimas elecciones generales, prefirieron quedarse en la abstención. Y, siguiendo con su línea de pensamiento, para conseguir esa amplia mayoría, el discurso no puede escorarse demasiado a la derecha, porque, si lo hace, perdería ese caladero. Almeida se alinea con los que defienden que el PP nacional debe hacer un discurso amplio, moderado, templado, sin que esto signifique renunciar a ninguno de sus principios, pero sin dejar de decir las cosas que uno piensa. Para volver a La Moncloa, el PP está obligado a tener un proyecto con personalidad propia, diferente del de Vox, y que no obedezca a los golpes de efecto con los que tan a menudo se pretende recuperar la notoriedad. Su reto es ajustar esta teoría a la nueva realidad en la que le ha situado su designación como portavoz nacional del PP.

Almeida está convencido de que, al igual que Podemos, Vox ha entrado en un proceso a la baja que le llevará a terminar como la Izquierda Unida de Julio Anguita, pero por el flanco de la derecha. La crisis que deja la pandemia ha hecho saltar las alarmas sobre la posibilidad de que en este momento de ansiedad social suban los extremos, tanto por la derecha como por la izquierda. Pero su intuición política le dice que se ha abierto la veda para recuperar el bipartidismo, una coyuntura que no tiene marcha atrás porque la sociedad ya ha probado a los extremos y se han dado cuenta de que el pastel amargaba. Los politólogos, sin embargo, no están todos de acuerdo con la tesis que dice que, como ya se ha probado la radicalidad y supuestamente no ha funcionado, una nueva situación de depresión económica e injusticia social no hará crecer de nuevo a sus representantes.

Martínez-Almeida también tiene su propio criterio sobre cómo debe producirse la refundación del centro-derecha para que el PP consiga aglutinar la mayoría del voto que está a la derecha del PSOE. En su proyección electoral, Ciudadanos acabará absorbido por el PP —bajo unas siglas comunes—, porque ya no tiene sentido seguir compitiendo cuando podría decirse que la única diferencia que les separa es que los naranjas defienden la gestación subrogada y los populares no. Ciudadanos explotó a nivel nacional por la corrupción del PP. «La corrupción viene del pasado», por lo que, según su análisis, no cabe que las dos fuerzas vayan por separado a las elecciones y compitan entre sí. Su modelo es el de la absorción por parte del PP, o el de la integración, si se quiere ser políticamente más correcto, pero no el de la coalición, como en el experimento vasco, una opción que, como otros muchos dirigentes territoriales del Partido Popular, considera que no debe extrapolarse a Cataluña.

En cuanto al otro actor, Vox, la formación de Abascal estaría obligada a apoyar al Gobierno de Pablo Casado desde fuera. Almeida está convencido de que el problema no lo tiene el PP con Vox, sino Vox con el PP. Cuando llega el momento de gobernar, el partido de Abascal está condenado a apoyar a la matriz principal, puesto que sus votantes no le perdonarían que diesen paso a la izquierda por no ser capaces de llegar a un acuerdo.

En el oráculo de Almeida, Pablo Casado llega a La Moncloa antes de que Pedro Sánchez agote la legislatura. Gobierna con el apoyo externo de Vox, no con una coalición que rompe internamente al PP solo con imaginarla. Y con Ciudadanos buscan una forma de integración que suponga votar a una única marca y subsanar así los daños del reparto de papeletas. Es, en todo caso, un juego de predicción que no depende de cómo se conjuren los astros, sino de lo que voten los españoles en los próximos procesos electorales.

Hasta que la pandemia atacó sus planes de gobierno, el mayor éxito de Almeida fue precisamente el de aprobar los primeros presupuestos de su mandato sin tener que contar con el voto a favor de Vox. Como ya hemos dicho, los resultados electorales del PP en las últimas elecciones municipales habían sido los peores de su historia, pero en la trascendente votación de las cuentas del ayuntamiento, la ausencia de un edil de Más Madrid permitió sacar adelante los Presupuestos con los votos de PP y Ciudadanos, y la abstención de Vox. A este éxito de la coalición de Gobierno contribuyó la inmensa torpeza del equipo de Más Madrid, ya sin la referencia de Manuela Carmena, porque no tuvo en cuenta que no habría tiempo de sustituir a Inés Sabanés tras dejar su acta municipal para irse al Congreso de los Diputados.

El reto más difícil de Almeida era sacar adelante las cuentas del consistorio porque prorrogar las de Carmena invalidaba su programa de gobierno. Pero, como ocurrió en toda España, en sus previsiones nunca entró la posibilidad de que dos meses después se le cruzaría en el camino una pandemia que dejaría viejo cualquier éxito anterior.

Respecto a sus socios de gobierno, el alcalde de Madrid marca una clara distancia con la estrategia de oposición al

Gobierno de Pedro Sánchez que desarrolla Vox. El partido de Abascal fue enviando señales según avanzaba la crisis sanitaria y se perfilaba la crisis económica. Votó contra el estado de alarma, plantó a la Comisión de Reconstrucción y anunció una moción de censura para cuando se esperaba que entraran en ebullición las consecuencias económicas y sociales de la paralización de la economía durante el confinamiento y ante la incertidumbre de los rebrotes.

Vox desestabiliza al PP con su estrategia de oposición, pero también desestabiliza a la parte del PSOE —minoritaria— que intenta remar en la dirección de buscar grandes acuerdos porque considera que es el único camino que permitirá que España salga adelante.

Si la lupa se reduce y se enfoca solo a la relación del PP con Vox en el ayuntamiento, hay que decir que la pareja de hecho no funciona mal. Vox tiene cuatro concejales y el más conflictivo no es Javier Ortega Smith, sino Fernando Martínez Vidal, antiguo miembro del PP que ponía la mano en el fuego por Esperanza Aguirre y que cuenta con cuarenta años de militancia popular a sus espaldas.

En cuanto a la relación con Ciudadanos, la principal fortaleza está en la capacidad de las dos partes para disimular sus diferencias. Almeida no es Isabel Díaz Ayuso y Begoña Villacís no es Ignacio Aguado. Esta «no ecuación» explica por qué hay dos estrategias y dos puestas en escena de la coalición PP y Ciudadanos en la Comunidad de Madrid y en el ayuntamiento. En el PP nacional creen que el sitio natural de Villacís son sus siglas, pero, antes de que el futuro confirme o desmienta las especulaciones, Almeida ha optado por la vía inteligente de dejar que Villacís tenga su espacio y los dos aparezcan como socios fiables.

La Portavocía del partido puede hacer que todo se dé la vuelta. Este es el miedo de algunos de sus más allegados, que consideran que ha sido un «premio envenenado» que puede costarle todo lo que ha construido políticamente hasta ahora. No entienden por qué no intentó zafarse, y así se lo aconsejaron. Es difícil ser portavoz del líder y no quemarte. La capacidad de tener un perfil propio desaparece y, antes de su designación como portavoz, el principal capital político de Martínez-Almeida había sido su habilidad para convertirse en el alcalde de todos —«Si le pedimos a la sociedad que sea ejemplar, nosotros tenemos que ser ejemplares», dijo en marzo de 2019—, rebajando la capa ideológica que la Portavocía del PP le exige volver a ponerse, además de imbricar aún más su carrera con la de Pablo Casado. El reto es complicado porque la dirección del PP se enfrenta a una etapa en la que las «caras» y las voces que transmiten sus mensajes son importantes, pero, al mismo tiempo, el partido debe construir un discurso desde abajo que conecte con una sociedad que no tiene nada que ver con aquella que permitió que José María Aznar e incluso Mariano Rajoy gobernaran. En efecto, ha cambiado la sociedad en su conjunto y también han evolucionado los votantes del centro-derecha, al menos las nuevas generaciones, que no se identifican ni con Aznar ni con Esperanza Aguirre.

La llegada de Casado a la dirección del partido en las circunstancias en las que se produjo forzó el ascenso de políticos más jóvenes. Pero la juventud no basta para acercarse a las nuevas generaciones si te comportas como lo harían tus «padres» políticos. Y este es el cambio que tiene que manejar el nuevo PP con Almeida como portavoz.

El ascenso orgánico del alcalde le ha sumado a Casado, que no puede perder nada. Sin embargo, el político madrileño debe demostrar si es capaz de elaborar un discurso que no resulte contradictorio con su posición institucional y que no confunda a sus representados después de que, durante su gestión de la pandemia, abogase por los grandes acuerdos con el PSOE a imitación del «Pacto de la Villa» que él mismo impulsó. Eso sí, con la ayuda de una oposición que demostró una madurez democrática ejemplar. Las redes guardan los mensajes que el alcalde trasladó a los madrileños durante el confinamiento en los momentos más duros de la crisis sanitaria: «Esto es Madrid. Luchando todos como uno solo. Tocados, pero nunca hundidos. Orgullo de ciudad». Cumplió cuarenta y cinco años el 17 de abril, y aquel día su nombre fue *trending topic* no con memes críticos, sino con felicitaciones por su cumpleaños y por su tono constructivo. En el peor momento, el alcalde se ganó el respeto de sus ciudadanos y de sus rivales políticos; se creció ante la adversidad, pero nunca dejó de criticar las debilidades del Gobierno de Sánchez. Pasó del azote al consenso, triunfó, y el partido le ha pedido que vuelva de nuevo al azote. «No hay que confundir las lealtades con la crítica constructiva», afirma, aludiendo a la idea de que incluso en los momentos más difíciles se puede buscar el equilibrio, ese que le permite seguir jugando al golf con Aguirre y hacerlo también con el ministro de Inclusión, Seguridad Social y Migraciones, José Luis Escrivá, que le propuso para ser el primer director de la División Jurídica Institucional de la AIReF y que también puso en valor su sentido de Estado ante la crisis de la Covid-19.

Su Instagram almacena los mensajes por el pacto y la unidad con los que se dirigió a los ciudadanos mientras en el Congreso de los Diputados los líderes nacionales seguían acumulando enfrentamientos y broncas: «Los ciudadanos nos están dando un ejemplo de responsabilidad y unión, y los políticos tenemos que estar a la altura [...]. Los ciudadanos necesitan creer en las instituciones».

7
Pacto histórico a golpe de WhatsApp

«Voy a echar de menos nuestro grupo de WhatsApp». Esta aseveración corresponde a una concejal de Vox del Ayuntamiento de Madrid. No la compartía con su compañero de bancada y grupo, sino con una edil del Partido Popular. Era el 7 de julio y el consistorio madrileño se había reunido en el Salón de Sesiones de la Casa de la Villa, recinto histórico con ecos de siglos en sus muros, antigua sede del ayuntamiento de la ciudad, para suscribir el «Pacto de la Villa», un documento excepcional y taumatúrgico firmado por las cinco fuerzas políticas que integran el consistorio.

Fue entonces cuando Martínez-Almeida agitó al auditorio. Soltó en su discurso lo de «rompeolas de todas las Españas» y más de uno dio un respingo en su asiento. Sonó como algo trasnochado, decimonónico y rancio. Incluso con un punto reaccionario, ya que era expresión frecuente en los discursos de los prebostes falangistas y de otras excrecencias del franquismo. Sonaba a «montañas nevadas» y a «por el imperio hacia Dios». Raudo, el alcalde despejó cualquier duda al mencionar que tan pomposa expresión se recoge en uno de los poemas más conocidos de don Antonio Machado, poeta universalmente respetado y muy reverenciado desde las posiciones de la izquierda progresista.

Pasado el sobresalto, llegó el aplauso. Luego, la ovación, y, en seguida, el júbilo. No se consumaron abrazos por el rigor de la distancia física que imponía la normativa sobre la pandemia. Pero el aire rezumaba entusiasmo y las miradas que se alzaban sobre las mascarillas de los embozados exhibían destellos de incontenible alborozo.

«Histórica», fue la palabra más mentada por los oradores para describir el acuerdo y la jornada. «Histórica», fue la expresión más escuchada por los asistentes para definir la sesión a la que estaban asistiendo. «Histórica», repitió al unísono el trío que formaban, en primera fila, José María Álvarez del Manzano, Alberto Ruiz-Gallardón y Manuela Carmena, tres exalcaldes y tres memorias vivas de algunos de los principales hechos que han marcado la política madrileña y, por extensión, la política nacional.

Liderar el acuerdo con cinco colores políticos (Más Madrid, PSOE, PP, Cs y Vox), sea cual sea el objetivo, sea cual sea el ámbito, ora nacional, autonómico o local, no es tarea fácil. Se antoja, más bien, una proeza. Si, además, han de suscribir una carretada con 352 medidas, el empeño roza las lindes del milagro. De ahí la repercusión y la trascendencia de este «Pacto de la Villa» que a todos conquistó y que, en buena medida, se ha tomado como hito ejemplar sobre cómo se ha de actuar en tiempos de crisis.

Fue, también, un acierto del alcalde, y así se reconoce. Un empeño personal que encontró rápida acogida en el resto de los partidos. Una iniciativa colosal que consagra una forma de gobernar y un estilo de abordar la gestión de la cosa pública. Lo dijo Ortega Smith, el portavoz de Vox, en su memorable intervención: «Hoy ha nacido una nueva forma de hacer política». Todos los intervinientes en aquella sesión coincidieron en este punto. «Hemos demostrado que los políticos podemos ser útiles», añadió Smith. «La unanimidad desbordó nuestras expectativas», reconocía el socialista José Vicente Hernández, Pepu Hernández. «Los políticos somos algo más que simples contadores de votos», subrayó Begoña Villacís, vicealcaldesa por parte de Ciudadanos. «Tocaba ponerse a disposición del Gobierno», recogía Marta Higueras, de Más Madrid. Un coro unánime, casi angelical.

Almeida, en un gesto tan infrecuente como emocionante, quiso dejar constancia verbal de los protagonistas de este episodio y recitó, uno a uno, los nombres de cada uno de los cincuenta y siete concejales que componen la casa municipal madrileña. Un gesto emotivo que evidencia la intuición del político que sabe cómo derribar los insensibles muros de lo formal y desmontar las costuras del sentimiento. «Aquello nos conmovió», recuerdan algunos de los asistentes. Nadie lo esperaba, nadie conocía esta pequeña sorpresa del ritual.

Fue un trabajo arduo y necesario. Madrid se retorcía entre la angustia y el dolor, entre la amargura y el espanto. Algo había que hacer. Y se hizo. Un esfuerzo hercúleo, un trabajo ímprobo, veintitrés sesiones, noventa y cinco ponencias de expertos, cientos de conversaciones telefónicas, de negociaciones personales, de dudas y tiranteces, de atascos y desatascos, de flexibilidad y de tensión, hasta que, finalmente, el acuerdo vio la luz. Nunca, jamás en la vida de la ciudad, se había logrado alcanzar un pacto unánime para sacar adelante 352 medidas que incidirán en la vida cotidiana de los madrileños, si llegan a ejecutarse. «Un hecho sin precedentes, en Madrid y en cualquier ciudad de España», se oyó en algún momento en las mesas telemáticas de las negociaciones.

Comité de crisis virtual

Mientras en el Congreso de los Diputados los partidos no se ponían de acuerdo para una prórroga del estado de alarma o para buscar alternativas a esta medida de excepción recogida en la Constitución, en la vida municipal se respiraba un ambiente de colaboración. Como si se hubieran dejado atrapar por el comportamiento ejemplar de los ciudadanos en los duros días de confinamiento, cuando se dispararon las donaciones para hacer llegar alimentos a las familias que lo habían perdido todo y se multiplicaron las solicitudes para sumarse al voluntariado.

Desde que el 14 de marzo se decretó el primer estado de alarma, los concejales habían puesto en marcha un plan B. Tanto el alcalde como la vicealcaldesa, Begoña Villacís, entendieron la necesidad de buscar formas alternativas para operar en un momento en el que los madrileños les iban a necesitar más que nunca. Ante la imposibilidad de celebrar plenos y reuniones presenciales, se fueron creando distintos grupos de WhatsApp entre ediles de los diferentes partidos. La primera decisión fue celebrar de forma virtual la reunión de portavoces cada semana. Un «comité de crisis» que evolucionaría al «comité de pactos», donde se redactaría la hoja de ruta pos-pandemia.

Andrea Levy (PP), Begoña Villacís (Ciudadanos), Rita Maestre (Más Madrid), Pepu Hernández (PSOE), y Javier Ortega Smith (Vox) cambiaron el sillón por la pantalla y durante los meses del confinamiento establecieron una forma de trabajo que, según coinciden todos los grupos, se basó en la «lealtad». En estas reuniones se hablaba con «absoluta franqueza», relatan algunos de sus miembros. «Dejábamos a un lado las siglas y se planteaban problemas reales y se abordaban cómo buscar soluciones». De estas comunicaciones entre los portavoces se fueron creando otros grupos de WhatsApp a diferentes niveles, que permitieron tejer una red paralela y rápida para dar servicio a los madrileños ante la situación de excepcionalidad.

La clave para llegar hasta aquel documento estuvo en la gestión dentro de la coalición de Gobierno PP-Ciudadanos y, especialmente, en la relación que consiguieron establecer Martínez-Almeida y Begoña Villacís. La complicidad entre ellos surgió durante los años de oposición a Manuela Carmena, y esa sintonía, no ajena a roces lógicos en la convivencia entre dos siglas competidoras, no solo facilitó el acuerdo de Gobierno tras las elecciones, sino también una capacidad de sincronizar las actuaciones para que la gestión de la crisis sanitaria resultase más efectiva.

El tándem Almeida-Villacís se convirtió en la cara de la cruz que se vivía en la Puerta del Sol. La convivencia entre la presidenta de la Comunidad de Madrid, Isabel Díaz Ayuso, y su vicepresidente, Ignacio Aguado, fue mucho más complicada y polémica. Durante la pandemia, desde la coalición se trasladaron mensajes contradictorios en asuntos tan relevantes como la salida de los menores a la calle tras el confinamiento o sobre la «cartilla Covid-19», que evidenciaron las dos sensibilidades del Ejecutivo.

Algunos sitúan la causa de estas disensiones en el carácter de Díaz Ayuso o en las influencias de su entorno, y otros, en las ansias de poder de Aguado, que no renuncia a soñar con un cargo para el que, dicen, se ve más preparado que su compañera. Hay que añadir, además, que los representantes regionales de los otros partidos nada tienen que ver con sus homólogos en el ayuntamiento. En la comunidad, la izquierda situó a Díaz Ayuso como el «chivo expiatorio» sobre el que descargar responsabilidades en la gestión de la pandemia del Gobierno Sánchez-Iglesias, y la representante de Vox, Rocío Monasterio, actuó conforme a su principio de gestión ciclotímica de su relación con Díaz Ayuso, pasando de etapas de máxima colaboración a momentos de desconfianza absoluta. Todo es tacticismo de partido.

En Cibeles se da el caso contrario entre los opuestos. De todos es conocida la buena relación entre Villacís y la ex número dos de Carmena, Marta Higueras. Pese a la distancia ideológica, siempre ha habido una confianza mutua tanto en lo personal (en estos meses han cruzado llamadas telefónicas casi a diario) como a la hora de trabajar. La vicealcaldesa se convirtió en una especie de «mediadora» que fue deshaciendo los obstáculos que iban surgiendo durante el intercambio de papeles, propuestas y documentos.

Tampoco el talante de Más Madrid es el de Podemos, y esto permitió que su portavoz en el ayuntamiento, Rita Maestre, estampase su firma en el mismo texto que Ortega Smith. «¡Cómo cambian las cosas cuando conoces a la persona y no al personaje!». La confidencia se la hizo la portavoz de un partido adversario al responsable de prensa de Vox, y resume el espíritu del «Pacto de la Villa».

«Tiene veintitrés años, está embarazada y ha perdido su empleo. Situación de máxima vulnerabilidad», se puede leer en algunos de los mensajes que cruzaron en esos días los concejales y que reflejan cómo la gestión estuvo a pie de calle, hasta en el caso particular de los más afectados por la crisis sanitaria. El ayuntamiento es, en teoría, la institución más cercana al ciudadano, así lo dice el tópico, pero en los días de la pandemia este mantra sí se transformó en un hecho en el consistorio de Madrid. Mensajes de «auxilio» circulaban por los móviles más allá del color político para intentar llegar a los que más sufrían. Una «celeridad» que, también hay que decirlo, muchos echaron de menos desde la oposición tras la vuelta a la nueva normalidad.

A principios de junio se empezaron a sentar las bases para pasar de lo que fue una forma de trabajar improvisada a unas mesas temáticas por áreas para establecer las pautas de la futura «reconstrucción de Madrid». De este modo se estableció que el cuartel general sería el edificio de los grupos, en el número 71 de la calle Mayor. La cita, todos los lunes por la mañana. Los ejes de trabajo, cuatro: Mesa Social; de Estrategia de la Ciudad; de Economía, Empleo y Turismo y de Cultura y Deporte. Una vez a la semana los portavoces debatían con el alcalde los avances en cada uno de los asuntos. Pronto, las reuniones de los lunes empezaron a alargarse durante horas, lo que dio lugar a estampas cuando menos paradójicas. Había un juego de «salas» calientes y las mesas de trabajo se solapaban.

Una edil del PP recuerda, con un «vuelco en el corazón», cuando Más Madrid les cedió su sala para continuar con el trabajo. Era el lugar donde, estando en la oposición, los populares habían diseñado su campaña electoral.

Aunque el paradigma para negociar fue que se debían potenciar los asuntos y medidas en las que sería más sencillo llegar a puntos de acuerdo, hubo momentos en los que algunas de las diferencias parecieron insalvables. El trance más duro, el punto de fricción más difícil, cuando incluso se llegó a pensar que el proyecto podría naufragar, ocurrió veinticuatro horas antes de la firma. Pero esta ardua negociación vivió otros momentos complicados que sus gestores todavía recuerdan.

La revelación de Ortega Smith

Ortega Smith se incorporó a las negociaciones con retraso a causa de su hospitalización tras dar positivo en coronavirus. El 10 de marzo, Vox comunicó que su jefe de filas municipal estaba contagiado. El domingo anterior había participado en un acto del partido que se mantuvo en la agenda, pese a la rapidez con la que crecía el número de contagios. La coartada, la manifestación feminista del 8 de marzo que la Delegación del Gobierno de Madrid había autorizado y en la que varias ministras allí presentes resultaron infectadas. El 11 de marzo se desalojaba el edificio de los grupos municipales tras varios positivos de concejales. Smith estuvo hospitalizado doce días. Sufrió complicaciones al detectarse trombos en sus piernas y pulmones. El 15 de abril, el test PCR dio negativo, tras un mes de riguroso confinamiento en su casa.

Cuando se unió a las reuniones de la negociación, pronto sus compañeros percibieron que había un cambio en las formas del portavoz de Abascal —el «guerrero de Gibraltar», por la foto que se hizo frente al Peñón—, que mostraba la máxima disposición a negociar. Esta actitud facilitó que en los temas económicos o de estrategia de la ciudad no se registraran fricciones. El pacto parecía engrasado, avanzaba sobre ruedas. El objetivo era llegar a julio para aprobarlo en el Salón de Plenos de la Plaza de la Villa con la máxima solemnidad. También en la puesta en escena hubo unanimidad cuando Almeida propuso recuperar el edificio del «viejo» consistorio para tan señalada ocasión. En una parte de los concejales populares late una cierta nostalgia de lo castizo frente a la sede faraónica que Gallardón hizo del edificio de Cibeles.

Las reuniones, que intensificaron su frecuencia para convertirse en dos y tres semanales, progresaban razonablemente. Se contaba con la colaboración y la presencia de expertos de diferentes ámbitos. Por allí desfilaron economistas, empresarios, sindicalistas, profesores, médicos, expertos en tecnología…

Pese a que en este caso parecía hacerse realidad el dicho de que «los polos opuestos se atraen», los debates sobre vivienda y, con mayor virulencia, sobre igualdad se enconaron. Aquí Vox chocó frontalmente con Más Madrid y el PSOE. Los de Santiago Abascal no querían que se incluyera en ningún punto un reconocimiento de la «vulnerabilidad de la mujer», al entender que se hacía política de género. Los pactos tenían que ser por unanimidad y no por mayoría, por lo que el listón del entendimiento exigía cesiones máximas en la lógica de partido en aras del interés general.

Otra de las líneas rojas que se establecieron fue la de las filtraciones a la prensa. Se conjuraron para que no salieran a la luz los contenidos. En líneas generales, se cumplió, pero los anuncios que fue haciendo la alcaldía en los días previos, y que en algunos casos eran propuestas de la oposición, acarrearon más de un disgusto, e incluso hubo llamadas al orden, con exabrupto incluido.

En una de las últimas reuniones, Marta Higueras planteó a Ortega Smith que Más Madrid no podría suscribir un texto en el que no hubiera mención expresa a la violencia sobre la mujer. La representación del partido de Santiago Abascal había esquivado el asunto que, desde su planteamiento, no era más que dar una perspectiva de género al acuerdo, algo que rechazaban. Más Madrid no estaba dispuesto a claudicar, pero, para sorpresa de la propia Marta Higueras, Ortega Smith se abrió a buscar un camino en el que ambas partes renunciaran a sus posiciones de máximos. Durante todo el fin de semana previo a la firma oficial del acuerdo, el grupo de trabajo encargado de violencia de género e igualdad se reunió para encontrar una solución. Durante el confinamiento, las llamadas al 061 por parte de mujeres que sufrían violencia machista se incrementaron casi un 30 por ciento, y el compromiso era buscar una solución. En esas cuarenta y ocho horas de debate e intercambio de propuestas, Villacís volvió a actuar como correa de transmisión entre Más Madrid y Vox. Al final hubo fumata blanca. La mención y medidas que se incluyeron eran «muy poco» para unos y «muy generosas» para otros. Allí estuvo la virtud, en el término medio.

En el caso de la vivienda, la colisión no solo se centraba en Vox, sino también en el PP. Es sabido que las posturas en este asunto son muy opuestas entre la izquierda y la derecha, y esto se refleja en el día a día de los plenos. Aquí la lectura es más negativa, y quizá los que más cedieron fueron los de Más Madrid, que asumieron que lo firmado no sería cumplido por el Gobierno de Martínez-Almeida.

El amago de ruptura

Con un documento elaborado, y tras poco más de un mes de trabajo, la firma se agendó para el 7 de julio. Ninguno de los que redactaron el documento tuvieron la sospecha, ni menos aún el conocimiento, de que todo estuvo a punto de saltar por los aires apenas unas horas antes de la gran ceremonia. El PSOE planteó que no estaba de acuerdo en que se reclamara al Gobierno de Sánchez la posibilidad de gastar los 240 millones de superávit para poner en marcha el paquete de medidas. Los socialistas defendían que se usase el propio presupuesto, que habían pedido revisar tras el estallido de la pandemia.

Tras unos momentos de enorme tensión, los socialistas accedieron a que se solicitase el gasto al Gobierno. Para unos, la crisis era fruto de que el portavoz socialista, Pepu Hernández, no había sabido explicar en Ferraz la base de lo pactado por su inexperiencia política. Para otros, la orden de rectificar lo acordado llegó directamente de La Moncloa. El Ayuntamiento de Madrid haría historia.

«Cuestión cerrada», proclamó el alcalde tras superar el pulso con el portavoz del PSOE, un héroe en la «cancha», pero poco entrenado en la política. Y así, el pacto vio la luz, con el alcance de que no hay aspecto de la vida ciudadana que no se incluya en esta descomunal entente a cinco nacida con la voluntad de mejorar la vida de los madrileños. Las medidas se repartieron entre los cuatro bloques mencionados. Hay 169 de índole social; 117 de modelo de ciudad, 38 de economía y empleo, y 28 de cultura y deportes. «Nadie queda excluido, nadie se sentirá relegado, nadie ha sido olvidado». Minucioso, detallista, puntilloso, escrupuloso, los puntos abarcan desde el uso de espacios comunes en caso de confinamiento (objeto de enormes peleas en las comunidades de vecinos) hasta el servicio de recogida a domicilio de jergones y colchones, que, en detestable estado, fueron abandonados a cientos por todas las aceras y bulevares de Madrid.

También fue muy importante la iniciativa de la tarjeta social o monedero, una ayuda para que las familias más vulnerables pudieran adquirir alimentos, servicios de higiene y de primera necesidad. Es decir, para poner coto a las «colas del hambre» que se multiplican por todos los rincones de la ciudad. Apoyo al alquiler especial, al acceso a la vivienda pública, para solventar el creciente problema de los «sin techo» y de gente desasistida que, muchas veces, ha de recurrir a las mafias de *okupas*. Acopio de material sanitario, protocolos especiales para la higiene y limpieza. Y así, hasta el apoyo a los tablaos flamencos, al borde de la extinción, o la desinfección de papeleras de las calles.

Un conjunto de propuestas para un nuevo tiempo. El virus cambió la vida de las ciudades y el confinamiento modificó mentes y costumbres. «Mucho se ha aprendido de todo aquello», comentaban los firmantes del acuerdo, cuyas decisiones se desarrollarán a lo largo de los próximos cinco años. Es decir, más allá de la vida oficial del actual equipo de Gobierno y de este consistorio.

Todo había cambiado, aunque solo fuera por un tiempo. Hasta los protagonistas. Apenas unos meses antes de ese histórico concilio, de la firma del pacto y del «rompeolas de las Españas», este mismo alcalde clamaba, en otro pleno bien distinto, que «el principal problema de España es la izquierda sectaria y revanchista que padecemos. Está enferma de superioridad moral porque se tolera para sí misma lo que no permite a los demás». Era diciembre de 2019. Seis meses después, ese mismo alcalde aplaudía a todos los partidos y ensalzaba el momento con palabras de éxtasis: «Desde el orgullo de nuestro pasado reivindicamos la franqueza de un futuro que hoy se firma en común».

Tras el boato de aquel memorable acto, el tiempo ha hecho crecer un cierto sabor agridulce en la oposición. Inevitablemente, siempre vuelve el cálculo político y el miedo a haber dado un punto extra al adversario. En este caso, le habían convertido en el «alcalde de la pandemia».

8
LAS DUDAS DE LOS «EX»

¿Hay algo más estimulante que ser alcalde? La mayoría de los políticos creen que no. Una alcaldía es una plataforma única para consolidar biografías, encarrilar aspiraciones (a lo que sea) y bendecir incipientes carreras. Una alcaldía imprime brillo y confiere relevancia. Es un manantial de oportunidades y una fuente de ocasiones para quien sabe usarla. «Un alcalde siempre cae bien, aunque haga las cosas mal», bromeaba José Abascal, alcalde madrileño a finales del XIX. El cargo, por otra parte, también es un hervidero de problemas y un nido de conflictos. Y hasta supone, en ocasiones, el punto final, brusco y penoso, de algunas trayectorias. «Siempre hay caballos que tropiezan más en el camino liso», dejó escrito el británico Rudyard Kipling.

Algunos comparan el cargo de alcalde con el dicho sobre el fútbol: «Lo más importante dentro de las cosas menos importantes». O sea, una cuestión menor. Pero una alcaldía bien llevada da para mucho. Ha sido el punto de partida de sólidas carreras y hasta plácido remanso o estimulante rincón de algunas biografías que discurrían por otros senderos. Madrid ha disfrutado de distinguidos regidores, políticos de relevancia que han conducido con tino y acierto los designios de la ciudad. Sin embargo, a la hora de ponderar la figura del más valorado, emerge siempre en el frontispicio de los favoritos Carlos III, «el mejor alcalde de Madrid», según el escrutinio de expertos e historiadores.

Carlos III llegó a la Corona de España casi de rebote, a raíz del fallecimiento de su hermano, y luego de haber gobernado Nápoles durante veinticinco años. Hombre prudente, metódico, austero y muy buen administrador, lo primero que hizo fue reclutar a los mejores del lugar. El marqués de la Ensenada y José de Carvajal, afrancesado, uno, y anglófilo, el otro, fueron sus grandes consejeros y colaboradores tanto en asuntos de Estado como en las cuestiones referidas a la ciudad. También efectuó un «fichaje» internacional de campanillas, Francesco Sabatini, el gran arquitecto italiano y, sin duda, uno de los principales responsables e inspiradores de la gran metamorfosis urbana. «Un gran Reino precisa de una gran capital», era la idea que Carlos III traía en la cabeza. Madrid pasó de ser ese «poblachón manchego», al decir de algunos, a convertirse en una deslumbrante metrópoli. El «Rey albañil», como se le conocía en los ambientes populares, hizo algo más que erigir la Puerta de Alcalá, símbolo icónico de la ciudad y cotidiano testimonio de su memoria.

Al frente de un ejército de arquitectos, ingenieros, aparejadores y jardineros, Carlos III se embarcó con entusiasmo en la gran aventura madrileña. Grandes avenidas, bulevares o paseos como el de la Castellana, Recoletos o el Prado, sin olvidar el grandioso ensanche hacia el sur. Convirtió la discreta ciudad en una macrourbe a la que dotó, además, de colosales edificios y emblemáticos monumentos, como la mencionada Puerta de Alcalá, Cibeles, Neptuno, el Jardín Botánico, el Museo del Prado... Fue un rey sensato y tenaz, amante de la caza y enemigo de la juerga, amén de un alcalde que situó a Madrid en el gran mapa del mundo y la convirtió en la verdadera ciudad de los prodigios del siglo XVIII.

Este rey tiene algo que ver con la trayectoria de otro alcalde relevante en Europa, inexcusable en cualquier antología. Michel de Montaigne recorría diversas capitales continentales para presentar sus *Ensayos,* obra magna del pensamiento occidental, cuando recibió la noticia de que había sido designado alcalde de Burdeos, cargo que había ostentado su padre con anterioridad. El gran filósofo francés rechazó la oferta porque estaba «a lo suyo». Sin embargo, presionado por el rey Enrique III, finalmente se vio obligado a aceptarla. Montaigne fue un excelente regidor de tan importante villa hasta el punto de que resultó reelegido para el cargo, del que finalmente salió anímicamente muy desgastado, pues le tocó convivir con la cruel guerra de religión que por aquellos tiempos asolaba el Viejo Continente. «Hemos de aprender a sobrellevar lo que no puede evitarse», reconocía al final de sus días.

Más ortodoxa, en este ámbito de lo municipal, fue la carrera política de Jacques Chirac, otro singular alcalde que siguió los pasos naturales de una trayectoria política. Pasó del Hôtel de Ville de París, sede del consistorio, a Matignon, el palacio de la Jefatura del Gobierno, y de ahí, al Elíseo, donde asienta sus reales el presidente de la República francesa. Era un tipo soberbio y arrogante. Dinamitó la teoría de que un alcalde tiene que ser «cercano» y ha de empatizar con la gente. No fue un buen alcalde, quizá porque nunca disfrutó del puesto. Se trataba de un peldaño propicio para su imparable ascensión. Y así fue, hasta que llegó a la Jefatura del Estado.

En el terreno doméstico, sin la *grandeur* Chirac, todo desmesura, está el caso de Pasqual Maragall, que recorrió también el sendero de la ortodoxia. De la modesta alcaldía al Palau de la Plaza de Sant Jaume. De la Alcaldía de Barcelona a la Presidencia de la Generalitat, con los Juegos Olímpicos como su trampolín. Maragall fue un alcalde visionario y un *president* controvertido.

Ya en la capital madrileña, el gran referente es el venerado socialista Enrique Tierno Galván. Un histórico que en política no llegó más lejos de la alcaldía, pero que fue enterrado como un presidente de República. Fue el marxista «enrollado» que situó a Madrid en la modernidad, que se inventó un Madrid desenfadado y más humano, y sacó la cultura a la calle, lo que se bautizó como la «movida» madrileña.

El juicio de los predecesores

Los miembros del club de los «ex» analizan el presente y el futuro de la figura de Martínez-Almeida y coinciden bastante en que tiene un glorioso presente y un despejado futuro, salvo que no escuche sus propios consejos. Este es su retrato, dibujado por quienes ya hollaron su sillón y saben perfectamente lo que se mueve en la alcaldía y a dónde te puede llevar esa responsabilidad.

Esperanza Aguirre: simplemente «Pepelu»

«Presidenta, soy tu nuevo director general de Patrimonio». Estas fueron las primeras palabras que cruzaron Esperanza Aguirre y José Luis Martínez-Almeida. Él acababa de ser fichado por la Comunidad de Madrid, pero esta conversación no tuvo lugar en el edificio de la Puerta del Sol, sede del Ejecutivo regional, ni en un acto institucional, sino en un restaurante en el que, gran casualidad, ambos coincidieron cenando. Cada uno por su lado, naturalmente.

El nombre de Almeida llegó a oídos de la presidenta madrileña cuando estaba en plena guerra con el entonces todopoderoso alcalde de Madrid, Alberto Ruiz-Gallardón, a causa de un trabajo de tala de plataneros en el Paseo del Prado. Aguirre se colocó del lado del PSOE en su campaña contra lo que consideraban una «política arboricida». Y del de la baronesa Carmen Cervera, que en esto sí coincidía con el PSOE y con movimientos ecologistas, bajo la amenaza de llevarse la colección Thyssen, tanto los cuadros de su marido como los de su colección particular, del Palacio de Villahermosa, si prosperaba el proyecto del eje Prado-Recoletos y se talaban los árboles que flanqueaban el citado paseo.

En medio de este pulso con Gallardón, Aguirre decidió nombrar un director general de Patrimonio. Había varios nombres en danza, algunos conocidos, otros, no tanto, y entre ellos le llegaron referencias de un abogado del Estado «muy preparado, que trabaja en Gerona y que quiere dar el salto a Madrid».

Aguirre aceptó conocerle y encargó que le concertasen una cita para el jueves de esa misma semana, ya que ella tenía un desplazamiento oficial el viernes. Pero la primera respuesta del actual primer edil ya dejó fuera de juego a la «lideresa» porque fue un «no». «No puede venir». Aguirre se interesó por el motivo y ella misma explica que la razón oficial de ese plantón fue que el aspirante tenía ya cerrado ¡un partido de golf! Los dos siguen compartiendo esa afición, por cierto, pero en aquel primer momento esta fue una casualidad que ayudó a que la «lideresa» asimilara mejor un «no», al que no estaba acostumbrada, y dejase en manos de su jefe de gabinete seguir avanzando en la gestión.

Años más tarde, sus caminos se volvieron a cruzar cuando, en septiembre de 2012, en el momento en el que Aguirre dimitió de su puesto al frente de la Comunidad de Madrid para luchar contra el cáncer de mama que padecía, Almeida también dejó su puesto al frente de los servicios jurídicos de la comunidad para incorporarse a la Autoridad Independiente de Responsabilidad Fiscal (AIReF).

Las vidas profesionales de ambos siguieron sus caminos, y en lo personal mantuvieron una buena relación hasta que el destino volvió a cruzarlos. Rajoy le ofreció a Aguirre regresar a la política para encabezar la candidatura a la Alcaldía de Madrid, y ella se acordó de «Pepelu» y le llamó para que la acompañase en la lista. El cebo era bien sencillo: «Esto no está bien, te advierto que es muy posible que no gobernemos, pero te puedo garantizar que divertirnos, nos vamos a divertir». Claro que «nunca pensamos que nos íbamos a divertir tanto, sobre todo él», matiza ahora, entre risas, la expresidenta. «Siempre decía que yo estaba en su contra», bromea Aguirre, que le encargó el área de Urbanismo, una responsabilidad comprometida en cualquier consistorio.

Durante ese tiempo, codo con codo en la oposición, hubo momentos duros y también tiempo para la relajación y la diversión prometida. La dirigente popular elogia encendidamente el enorme sentido del humor del por entonces recién estrenado concejal y como ejemplo rememora el día en el que la portavoz del ayuntamiento, Rita Maestre, se presentó con una camiseta blanca bajo la que se dejaba entrever, discretamente, un tirante rojo del sujetador. Almeida se acercó a Aguirre y le comentó: «¿Lo ves? Lo que te dije, es del Atleti».

La presidenta, todo carácter e instinto político, resolución y olfato, de la que aún se recuerda la rueda de prensa que ofreció con los calcetines blancos del vuelo tras los atentados de Bombay, no puede evitar esbozar una sonrisa en varias ocasiones cuando habla de su «Pepelu». Le vienen a la cabeza muchas horas sentados en el pleno del ayuntamiento, escaño con escaño, compartiendo ideas, proyectos, comentando estrategias y, cómo no, «haciendo bromas de algunas cositas del equipo de Gobierno, una especie de gran pandilla *amateur* compuesta por gente de Podemos, comunistas de IU y algún trepa advenedizo y gandul».

«No sé por qué, pero ya, como alcalde, él presentía que iba a pasar algo, y lo comentaba, como si oliera una tormenta». Así se lo hacía saber a la presidenta en las conversaciones informales que mantienen con regular periodicidad y con idéntico cariño mutuo. Ahora, Aguirre da al *flash back* y visualiza en su cabeza esos temores del alcalde, aquellos recelos intangibles, y apunta: «Vaya que si le ha pasado algo, nada menos que la peor crisis en España desde la Guerra Civil».

No quiere hablar la presidenta sobre el futuro del alcalde. Opta por ser prudente, no avanzar escenarios, no juguetear a las adivinanzas. Quizás se deba a que más de una china le aprieta en el zapato. Eso sí, asegura que cualidades no le faltan a su sucesor para llegar a donde se proponga, aunque, a veces, el guion te lo escriben otros. Al apadrinado por la «presidenta», cuando se le pregunta sobre quién considera que ha sido el mejor alcalde de Madrid, no vacila en la respuesta: «Desde Manzano, sin duda, Esperanza».

Juan Barranco: la llamada más oportuna

Juan Barranco (Santiago de Calatrava, Jaén, 1947) fue la mano derecha de Enrique Tierno Galván, el alcalde más icónico de Madrid. «El que no esté colocado, que se coloque y al loro», fue uno de los lemas más populares de su mandato. Populista, inteligente, malvadillo, Tierno hablaba en latín con los Papas y se fotografiaba en la disco con la actriz Susana Estrada luciendo todo su esplendor pectoral.

Barranco era su antítesis, su envés. Y, por tanto, su complemento. De hecho, como teniente de alcalde, llevaba el día a día de la ciudad. La sala de máquinas del consistorio. Un socialista prudente, pausado, discreto y un punto tímido. Aún ahora se muestra algo reservado en el trato con los periodistas, después de tantas peripecias, apariciones y comparecencias.

Tras la alcaldía pasó al Congreso, ejerció de presidente de la Comisión de Trabajo y, de ahí, a la Vicepresidencia de la Asamblea, a ser vicepresidente del PSOE de Madrid y «en un momento dado, dije hasta aquí hemos llegado y decidí dejarlo todo, dimití de todo y me he jubilado».

No le gustan cómo están las cosas ni en la política ni en otros ámbitos. «Todo muy feo y, algunas veces, como muy encanallado». Barranco viene de la Transición, fue diputado constituyente, luego senador, cree en el consenso, en el diálogo, en la negociación, en los acuerdos entre los dos grandes partidos. «Intenté llevar ese espíritu a la Asamblea de Madrid, pero era imposible, y yo ya tenía sesenta y siete años, había empezado a trabajar con catorce en la Bolsa, de modo que me dije, bueno, hasta aquí hemos llegado». Y lo dejó todo.

Atrapado aún por querencia en la vida municipal, la sigue con interés, se le consulta, se le invita a charlas, a escribir algún artículo. Y se centra en Almeida. «Yo no conocía a este hombre, pero de verle en el ayuntamiento de Carmena me llamó la atención, me parecía un tipo competente, cómo se desenvolvía en televisión, en los plenos, en los debates, y se lo comenté a nuestros concejales. Les dije: "Mira, ahí en el PP tienen un tipo competente". Como si de un ojeador de promesas del fútbol se tratara. Y ahí quedó todo. Le hicieron alcalde y, al poco, vino lo que vino, "todo lo de la Covid"». Y continúa: «Sabíamos que esto iba a ser muy grave, muy serio, tremendo, un problemón. A mí, como alcalde, me tocó vivir momentos duros, muy duros. También a Manzano y a Gallardón, todos hemos sufrido lo nuestro. Y bueno, entonces lo pensé, este hombre va a pasar momentos muy difíciles. Y es ahí cuando les telefoneé a todos, a Gallardón, a Álvarez del Manzano, a todos, y les dije: "Creo que deberíamos llamar a este hombre para mostrarle nuestra solidaridad y decirle que estamos a su disposición, solamente eso"». Todos se sumaron a ese mensaje de «apoyo y de solidaridad» con el alcalde. «Que sepas que me tienes para lo que necesites», le dijo Barranco. Y Martínez-Almeida le contestó: «Mira, Juan, yo te lo agradezco mucho, pero tú estás en edad de riesgo y no podemos forzar, acabas de cumplir setenta y tres años y lo mejor que puedes hacer es cuidarte».

Siguieron viéndose, mantuvieron los contactos y hablaron de hacer un documento conjunto, una vez pasada la epidemia, para la recuperación de la ciudad. Fue una hermosa iniciativa con resabios de los primeros tiempos de la Transición, cuando los dos grandes partidos dialogaban y conversaban, cuando los puentes no se habían roto, cuando aún no se había sembrado la cizaña del odio y la confrontación.

Coincidían, claro, en actos oficiales, en veladas municipales, en entregas de medallas y ceremonias formales, siempre con buen tono y con cierta camaradería institucional. «Tenemos pendiente que nos llame a todos a comer. Es una tradición en Madrid, un almuerzo de los alcaldes, una vez se recupere la ciudad. Mientras tanto, lo que ha hecho ha sido algo que no es usual en nuestros tiempos; ha tenido el buen juicio de firmar un documento de acuerdo con todos los grupos políticos de la ciudad. Es un gesto muy estimable porque aquí andamos a cantazos y a garrotazos, sacudiéndonos unos a otros». Este es, precisamente, uno de los momentos más señalados de la breve actividad política de Almeida en la Real Casa de Correos. Ese encuentro, esa foto. «Yo lo valoro mucho», dice Barranco.

El exalcalde socialista, igual que Manzano o que Tierno Galván, tuvo que enfrentarse al golpeteo sangriento del terrorismo. Madrid tiene el triste «honor» de ser la ciudad donde más veces ha asesinado ETA. «El famoso "Comando Madrid" hizo estragos. Eran jornadas terribles. Recuerdo situaciones pavorosas, imágenes de pesadilla. Claro, los alcaldes éramos los primeros en presentarnos allí y he visto escenas de espanto. Vivimos épocas muy duras. Y a Alberto [Ruiz-Gallardón] le tocó, claro, el 11-M. Recuerdo que hablé con él esa misma mañana, fue desolador».

En el memorial de los dramas, de los momentos de dolor, recuerda Barranco el incendio en la calle Montera, uno de los más graves sufridos en la ciudad, con el resultado de diez bomberos muertos, o el de la sala Alcalá 20, aquel episodio tenebroso en una discoteca. Pero, lo peor, ETA, y lo más terrible, la Covid-19.

Martínez-Almeida responde al perfil de alcalde que le agrada a Barranco. Ese acuerdo entre todos los partidos, esa voluntad de entendimiento, esa mano tendida. «En la vida municipal, todo es más sencillo, o al menos lo parece, porque estamos todos a pie de calle, vemos las cosas en la cercanía, el sufrimiento..., todo eso impulsa ese sentimiento de solidaridad», señala.

Considera que, en este sentido, tal y como está el patio, Almeida es una *rara avis,* una excepción en un panorama desolador. «Eso tendría que ser el comportamiento habitual, el uso democrático. Estamos viviendo una situación horrorosa, que demuestra lo endebles que somos los seres humanos. Si en estos momentos no sacamos lo mejor de nosotros mismos, organismos, partidos, instituciones, las personas, pues ya me dirá usted. Por eso hay que reconocer y alabar lo que se ha hecho en el ayuntamiento y hay que apuntárselo al alcalde Almeida».

El veterano político socialista no tiene problema, desde su militancia en el partido de la oposición, en reconocerle a Almeida madera de líder, pero también deja ver sus dudas sobre su lugar dentro del mando nacional del PP. «No sé cómo va a operar en su futuro político y si el hecho de que le hayan nombrado portavoz nacional del PP le va a cambiar y le puede restar en su figura como alcalde. Quizá le puede perjudicar. Yo le habría aconsejado: "Mira, José Luis, piénsatelo bien, que no se sabe", pero también depende de lo que él quiera jugar en el futuro en la política. Si quiere dar el salto al escenario nacional, pues bien, pero si él lo que quiere es consolidarse como alcalde, creo que esto no le vendrá bien. En fin, él sabrá, quizá me equivoque. El caso es que me sorprendió que aceptara. Tener que ejercer de portavoz nacional del partido de la oposición, que no es lo mismo que serlo del partido del Gobierno, es otra cosa. Por un lado, gobiernas la ciudad y, por otro, haces de oposición, algo complicado».

José María Álvarez del Manzano: «Llorar con la gente»

«Cuando llegué, toda la zona estaba a rebosar de guardias civiles que se afanaban en sujetar a un joven que pretendía saltar el cordón de seguridad. "¿Qué pasa?", pregunté. "Es su padre, está destrozado, irreconocible, no lo puede ver así", me contestó un agente, grande como un castillo, y moralmente hundido». Quien así habla es José María Álvarez del Manzano (Sevilla, 1937), alcalde de Madrid durante doce años (1991-2003) y principal referente político para Martínez-Almeida. A Álvarez del Manzano le tocó convivir con aquellos terribles años en los que la banda terrorista ETA atentaba «un día sí y otro también en la capital». Era la etapa negra, en la que cada mañana se despertaba con un zarpazo de la banda. Aquella fue su pandemia, ante la que cree que tan solo cabe una reacción por parte de un gestor público: «Hay que llorar con la gente. No puedes hacer otra cosa. Hay que unirse a su dolor con tu dolor». En ese punto retoma la narración: «Crucé el cordón de seguridad y abracé a aquel joven. Solo pude llorar con él, nada más. ETA acababa de matar a su padre. ¿Qué otra cosa se puede hacer? Nada. Tan solo unirte a su dolor».

Álvarez del Manzano, seguramente uno de los ediles más populares de Madrid y, todavía, uno de los dirigentes del PP más queridos por la militancia, conoció al actual alcalde cuando prácticamente empezaba su carrera política en la Comunidad de Madrid junto a Esperanza Aguirre. Desde entonces mantienen una buena sintonía que se ha afianzado en esta nueva etapa, en el momento en el que Martínez-Almeida tomó el bastón de la ciudad y pasó a formar parte del club de los alcaldes de Madrid.

«Hablamos un par de veces al mes, en plan tranquilo, sin asuntos concretos que abordar. A José Luis le gusta intercambiar opiniones sobre el ayuntamiento, cuestiones generales, nos contamos anécdotas, le doy algún consejo», señala el exalcalde, que huye del tópico que le tacha de «mentor» de Almeida. Aun así, en la conversación trascienden coincidencias notables, una misma forma de ver el servicio al ciudadano y cierta simetría en la valoración de las políticas generales. Manzano considera que «José Luis ha sabido acompañar a la gente en su dolor durante esta crisis del coronavirus. Ha reaccionado como creo que debe hacerlo un dirigente público. Los madrileños han percibido que sufría como ellos».

Pasear por los barrios, mezclarte con la gente, conocer sus problemas de primera mano, escuchar, atender, son algunos de los principios que han guiado siempre lo que podríamos calificar de «manzanismo», una forma de ser, de estar, de trabajar, de liderar. «Yo salía por la mañana y cada día iba a un barrio. Entraba en un bar, pedía unos churros, y allí me ponía a charlar con el camarero. A veces se escuchaba: "¡Pero si es el alcalde!"». Hoy en día esta es una de las rutinas que ha heredado el nuevo regidor de Madrid.

La política y los políticos han cambiado mucho desde los años noventa. «Veo ministros que no tienen la preparación adecuada para momentos decisivos», lamenta el veterano primer edil, mientras subraya que al frente de Cibeles hay, en estos momentos, un «abogado del Estado, un conocedor de la Administración y un experto en la cosa pública, un buen profesional». En este sentido, señala algo que es opinión general: «Hay mucho político que solo ha crecido en la vida interna de los partidos, que no ha estudiado o trabajado fuera de su formación, de sus siglas, que no se ha esforzado, que se ha dedicado solo a trepar dentro de su partido y, por eso, cuando llega uno bien formado como José Luis, destaca, se hace notar».

El alcalde retirado reniega hoy de los consejos. «Un consejo, a fuerza de viejo: no hagas caso de mi consejo», cabría decir con Machado, pero siempre le recuerda a José Luis algo que considera fundamental: «Con ideología no se resuelven los problemas», y por eso le sugiere que escuche a sus concejales y que atienda lo que tengan que aportarle otros miembros de su consistorio.

«Eres alcalde las veinticuatro horas», es otra de las frases que más repite en sus conversaciones telefónicas con Martínez-Almeida, al que le augura un gran futuro en la vida pública si sabe medir los tiempos. Y es que, aunque ve en él enormes cualidades, como casi todo el mundo en su entorno y en su formación, teme que el papel de portavoz nacional del PP que le ha dado Pablo Casado le distancie de ese mantra fundamental que consiste en «ser el alcalde de todos los madrileños, no solo de los que te han votado».

Aquí Manzano tira de anécdota para dejar claro cuál debe ser la filosofía y cuenta que él, como nacido en Sevilla, siempre se declaró simpatizante del Betis y que nunca le creyeron. «Pensaban que no quería mojarme, que no quería desvelar si era del Atlético o del Real Madrid para no buscar enemigos donde no se necesitan, pero la verdad es que yo soy bético desde pequeño», reconoce. Y en este sentido menciona, como un acierto, que Almeida siempre ha sido claro al reconocerse colchonero, sin ningún tipo de disimulo, sin engañar a nadie, menuda tontería, y desde el máximo respeto al madridismo. La consigna del *fair play.* Por eso Almeida le cae fenómeno a los colchoneros, mientras que los merengues le respetan y hasta le aprecian.

La voz del alcalde que logró tres mayorías absolutas seguidas en la capital suena tranquila y se le escapa una risa cuando acude a un símil taurino para definir cuándo y por qué decidió dar un paso al lado y dejar la primera línea: «Hay que irse cuando el público te aclama, no cuando te pita y quiere echarte». Una máxima que pocos escuchan y, menos aún, entienden.

Alberto Ruiz-Gallardón: «Lo urgente es esperar»

El destino de Alberto Ruiz-Gallardón (Madrid, 1958) cambió en un ascensor de la calle Génova, 13. El llamado a suceder a Mariano Rajoy en los mentideros de Madrid, el eterno «delfín» del PP, el incombustible candidato para liderar el centro-derecha español, lanzó un órdago para dar el salto a la política nacional en la lista del Partido Popular a las elecciones generales de 2009. Su eterna rivalidad con Esperanza Aguirre, con algo más que intercambios de pareceres y cruces de reproches, truncó sus planes en el transcurso de una sonada bronca en la sede de los populares. Todavía la recuerdan algunos veteranos del lugar. Cada uno da su versión, como en la famosa anécdota del atizador de Wittgenstein. En cualquier caso, los hechos fueron los que fueron, y el resultado no dejó lugar a dudas. La entonces presidenta de la Comunidad de Madrid amenazó con dimitir si el líder del PP «primaba» a su eterno rival en la sucesión. Rajoy, como es norma de la casa, y santo y seña de su personalidad, no quiso «líos», y Gallardón tuvo que esperar hasta que el PP volvió al poder en 2011 para ver en parte consumados sus anhelos en forma de una cartera como titular de Justicia.

Ruiz-Gallardón, retirado ya de la política tras protagonizar una sonora renuncia, tiene grabado en el entrecejo que, para labrarse una carrera en las pugnas internas de un partido, «lo más urgente es esperar», como aconsejaba el sabio Pío Cabanillas, ministro de Adolfo Suárez y uno de los políticos más avispados de nuestra Transición. Desde la perspectiva que dan los años y la experiencia, Gallardón analiza el futuro de Almeida con la placidez de un distante, pero interesado observador, y como si de un espejo retrovisor se tratase, le aconseja cautela y no «cometer la imprudencia de anticiparse» en el caso de que entre sus planes figure dar el salto al Congreso de los Diputados desde su proyección como portavoz nacional del PP.

Gallardón considera que Almeida fue valiente y audaz al dar el paso al frente, en su momento, para competir por la Portavocía del ayuntamiento que acababa de dejar libre Esperanza Aguirre. Una jugada no exenta de riesgos, pero que salió bien. Por tanto, un acierto. En política hay locuras que, si funcionan, se convierten en un ejemplo que se debe seguir. Ahora, sin embargo, considera que es preciso reducir la marcha y levantar el pie del acelerador.

El tono de la conversación con el que fuera durante años el verso suelto del PP cambia cuando recuerda algunos de los pasajes más vívidos en su etapa como alcalde. Sin lugar a dudas, el horror del atentado del 11-M. Un Madrid triste, abatido, desolado, mudo. Busca paralelismos, lejanas remembranzas (si es que las hubiera, más allá del inmenso dolor por los centenares de víctimas) con la ciudad fantasma que el confinamiento dibujó y con la ardua tarea de un servidor público en momentos dramáticos.

«José Luis ha sabido identificar el sentimiento de los ciudadanos», sentencia un Gallardón que pone el énfasis en la gran dificultad de gestionar una tragedia como la pandemia, en la que la incertidumbre es el principal actor.

Cuando en Madrid dejaron de escucharse las ambulancias tras los brutales ataques terroristas de Atocha, el equipo municipal sabía qué recursos debía destinar para hacer frente a un número determinado de víctimas. Era un escenario que ya no cambiaría. Sin embargo, aquellos días en los que la Covid-19 atacó con mayor virulencia, resultaba imposible calcular el número de fallecidos, el de los contagiados, los enfermos, los que requerían tratamiento urgente, los que no podían entrar en un hospital, rememora el exalcalde. Como subraya, todo eran interrogantes. Ni siquiera sabremos nunca con certeza la cifra de los fallecidos, aunque en la retina de todos esté el Palacio de Hielo, desbordado de féretros, convertido en una improvisada y espantosa morgue.

«Es desesperante gestionar una crisis prolongada en el tiempo como la del coronavirus. En el momento en que estás gestionando la realidad de hoy lunes, no sabes las necesidades del martes ni las del miércoles, y así día tras día», recalca quien estuvo al frente del consistorio de la capital ocho años.

La hemeroteca guarda las imágenes de una entrevista de Martínez-Almeida con Cristina Pardo, en su programa *Liarla Pardo,* de La Sexta. En pleno Paseo de la Castellana intentaba explicar la situación de la pandemia en aquellos días y era continuamente interpelado por los ciudadanos, pese a estar en directo. Le pedían fotografías, le felicitaban e incluso reconocían que le darían su voto, aunque no fuesen simpatizantes de las siglas del PP. Todo eran mensajes de reconocimiento, de agradecimiento, de ánimo y de estima. Algo espontáneo y tan inédito como inaudito. Una escena más habitual para un futbolista o una estrella de rock, pero pocas veces para un político, bultos sospechosos, generalmente poco valorados por la opinión pública. Algunos miembros del Gobierno de Pedro Sánchez, por ejemplo, reconocen que aquellos días duros de tanta muerte y tanto sufrimiento no fueron capaces de salir a la calle por temor a la reacción de la gente.

Esa anécdota del alcalde en plena calle recoge lo que para Ruiz-Gallardón es «identificar el sentimiento del ciudadano». Y lo explica: «Los madrileños han temido, y temen, por su salud, sus puestos de trabajo, su futuro, y Almeida supo conectar con ese estado de ánimo», recalca.

Para muchos resulta difícil de entender que, pese a las pocas competencias que dependen de un ayuntamiento en una crisis como esta, la figura incipiente de Martínez-Almeida creciera hasta ensombrecer la actuación de algunos compañeros de partido. Algo que siempre genera recelos y rencillas, y que aconseja protegerse, porque el fuego amigo suele ser en política mucho más peligroso que el fuego enemigo. El exalcalde, expresidente de la comunidad y exministro valora, precisamente, que mientras que en la política de la comunidad y en la del Congreso de los Diputados fuesen imposibles los acuerdos entre partidos de distinto signo para hacer frente al virus, en la ciudad de Madrid se firmase un pacto histórico entre el Gobierno y todos los partidos de la oposición. «El alcalde ha introducido otra forma de hacer política, una forma muy positiva», apunta, antes de reconocerse «muy agradecido» porque el alcalde le llame a él, y a otros compañeros que han estado en este puesto, para pedirles consejo ante situaciones de dificultad.

Ana Botella: la otra gran crisis

La crisis que vivió la última alcaldesa de Madrid del PP antes de la llegada de Martínez-Almeida al Palacio de Cibeles no fue sanitaria, pero también hizo que la vida de muchas familias diese un vuelco brutal. Ana Botella (Madrid, 1953) entró en la alcaldía para ocupar el sitio que dejaba vacío Alberto Ruiz-Gallardón al dar el salto al Ministerio de Justicia, al hilo de la invitación de Mariano Rajoy.

Corría el año 2011, el PP volvía al poder en medio de una crisis económica descomunal, que sacudía a nuestro país de una forma inmisericorde. José Luis Rodríguez Zapatero, el anterior jefe de Gobierno, reaccionó, conminado por Bruselas, cuando ya era demasiado tarde.

Botella se topó, nada más sentarse en el escritorio de su despacho, con una deuda tan desorbitada que parecía imposible que fuera real. Uno de cada cuatro euros que ingresaban las arcas municipales se iba en el pago de intereses. Retirada de la política, recuerda ahora que en aquellos años «se tuvo que hacer un sacrificio brutal».

Con Martínez-Almeida también habla frecuentemente. Dice que le aprecia y estima, aunque el confinamiento no les ha permitido coincidir como en otras etapas. Recién nombrado candidato por Pablo Casado, Botella recuerda la anécdota de que Almeida acudió a un desayuno informativo, de los que se organizan en Madrid a todo bombo para que se deje un mensaje preparado, muchas veces sin recorrido, pero que es bien aireado en todos los canales y en todas las radios a primera hora de la mañana: «Marcar agenda». Pues bien, aquel día había poca gente interesada en cómo iba a marcar la agenda el candidato de Casado. El salón estaba a medio llenar. «Estos actos son un termómetro de por dónde va la política y, en aquel momento, José Luis aún no conseguía despertar interés entre quienes deciden la agenda informativa», señala la exalcaldesa. Era un tipo simpático, pero muy desconocido, como confirma este hecho que subraya Ana Botella.

Ella le concede una dimensión nacional al puesto de mando de la alcaldía madrileña porque es el Gobierno de la «capital de España». Por eso le gusta recordar que, además de abogado del Estado, Almeida es un gran conocedor no solo de la historia de nuestro país, sino de su Administración, de su estructura económica y, por supuesto, de todos los entresijos del municipio.

Ana Botella considera poco adecuado agitar el debate sobre su posible salto a la política nacional. Tira de hemeroteca y recuerda que el propio Martínez-Almeida ha situado su techo en Cibeles. «No hay nada más importante que gobernar esta ciudad», insiste. Quizá para convencerse a ella misma de que Almeida no caerá en la tentación de olvidar sus promesas sobre el «techo político» y su permanencia en el consistorio.

La conversación da un giro al abordar el capítulo de las «sensibilidades» del partido, porque el momento no puede tener más morbo: acaba de producirse el cese de Cayetana Álvarez de Toledo como portavoz del Grupo Popular en el Congreso y de todos es sabido que se trata de una de las pupilas del expresidente del Gobierno José María Aznar. Es muy cercana en lo político y amiga, en lo personal, de la familia. «España no está para andar con sensibilidades de partido», destaca la mujer del exlíder del PP. El tono es de regañina, pero muy prudente, porque no quiere entrar al trapo de las discusiones sobre si Casado debe ser el «aznarismo» y sobre si el PP debe escuchar más o menos la voz de su marido. Ante esta tradición de la derecha española, tan dada a discusiones intramuros y a mantener abiertas heridas antiguas, Botella lanza una especie de SOS: «Todos a una para sacar a España adelante».

9
El juicio de los expertos

Los políticos caen mal. En España y en medio mundo. En nuestro país, además, especialmente. La demoscopia confirma que más de la mitad de la población considera la política como un problema. La política y los políticos son, en tiempos de pandemia, uno de los principales problemas nacionales, junto al paro y la crisis económica.

Muchos políticos recibirían mejor consideración si ocultaran su condición de tales. Es como el viejo dicho: «No le digáis a mi madre que soy periodista, ella cree que toco el piano en un burdel». Cambien el oficio en la frase y obtendrán el retrato de la realidad parlamentaria.

La preocupación de los españoles por la «clase política» está muy relacionada con la llegada de la recesión económica de 2011, que explosionó de lleno en los años siguientes. Un informe elaborado por el sociólogo Lorente Ferrer confirma —sobre la base de las series históricas— que los políticos preocupaban muy poco a los ciudadanos hasta aquel año. En 2010, el porcentaje era del 7,2 por ciento, y en 2011 creció hasta el 8,1 por ciento. Pero lo más llamativo desde el punto de vista del análisis demoscópico es que fue precisamente con la irrupción de la «nueva política», de esos partidos que se creían llamados a renovar, regenerar e inventar el parlamentarismo, cuando empieza a dispararse la preocupación por lo que hacen los gestores de la vida pública. Es verdad que los «morados» y los «naranjas» crecen con un «abono» inmejorable: los Bárcenas, los Rato, los Gürtel, la Púnica, los ERES y demás escándalos que abren las carnes en una ciudadanía empobrecida por los efectos de la recesión. El informe del Defensor del Pueblo es rotundo: «Entre 2008 y 2015 España vivió en medio de una grave encrucijada, producto de una crisis económica que puso al descubierto una parte de los fallos que venía arrastrando su sistema económico. [...] El elemento más característico causado por ella ha sido la injusta y desigual distribución de la renta personal». En ese periodo, entre 2012 y 2014, la preocupación de los españoles por sus políticos llegó a rozar el 30 por ciento. Una alarma que frena su tendencia ascendente en 2015, cuando los nuevos partidos llegan al Congreso de los Diputados, para estabilizarse en los siguientes años y hasta la actualidad con porcentajes en el entorno del 20 por ciento. La excepción, señala Lorente Ferrer, es el «convulso 2019». La encuesta del CIS de julio de ese año recogía los efectos en el clima de opinión de las elecciones fallidas de abril de 2019 y del fracaso en la investidura de Pedro Sánchez, lo que condujo a una repetición de las elecciones en noviembre.

Durante la precampaña de las elecciones autonómicas y municipales de mayo de 2019, los partidos «reclutaron» estudios demoscópicos sobre el perfil del político ideal con el fin de intentar acertar lo más posible en sus estrategias para captar el voto. Los que se encargaron a la consultora NC Report apuntaron estas conclusiones:

- Para la mayoría de la población era indiferente la edad del candidato, si bien el 25,8 por ciento se decantaba por el segmento entre 40 y 49 años.
- También era indiferente para el 83 por ciento de la población el sexo de dicho candidato, aunque era mayor la población que prefería una mujer (8,6 por ciento) frente a un hombre (7,4 por ciento).
- Hasta un 99,4 por ciento quería un candidato que conociese los problemas que tenía que gestionar.
- La mayoría consideraba que debía tener un grado de notoriedad pública, contra el 27,2 por ciento que no lo veía necesario.
- La mayoría, el 62,8 por ciento, creía que el candidato debía ser políticamente moderado.
- El 33,8 por ciento de la ciudadanía prefería que fuera ideológicamente de centro-izquierda, frente al 34,2 por ciento que prefería que fuera de centro-derecha.
- La mayoría, el 59 por ciento, buscaba que el candidato tuviera experiencia política, frente al 29 por ciento que declaraba que le era indiferente.
- También la mayoría, el 84,6 por ciento, prefería que tuviera experiencia laboral.
- Y un 65,2 por ciento consideraba necesario que el candidato tuviera estudios universitarios.

En diciembre de 2018, el CIS preguntó a los españoles por su identificación con los distintos niveles de la Administración Pública. Los dos que aglutinaron apoyos por más del 50 por ciento fueron «España» y el «municipio», con prácticamente la misma nota, el 54,1 por ciento y el 54 por ciento.

Otra clave sociológica significativa sale del retrato del impacto del confinamiento entre marzo y junio de 2020 en su vertiente sanitaria, política, económica y social. Por encargo de ayuntamientos y grupos municipales se hicieron encuestas pidiendo al entrevistado que comparara en su municipio la actuación de las tres Administraciones: el Gobierno de España, el Gobierno autonómico y el Gobierno local. La media de las encuestas realizadas por NC Report dejó este resultado en valoración: 6,4 por ciento para el ayuntamiento o alcalde; un 5,2 por ciento para el Gobierno autonómico, y un 4,6 por ciento para el Gobierno central. En todas las encuestas se mantuvo este mismo orden, aunque variasen los porcentajes.

El trato con los políticos prueba que en su mayoría son plenamente conscientes del desgaste reputacional y del escaso crédito que tienen en la sociedad. Da igual las siglas; en confianza, se desahogan y asumen que están en horas bajas, aunque la mayoría también señala a los políticos de aquellas siglas que ellos no representan para explicar el problema. Al final es una rueda perversa; el descrédito político hace que se enrolen los que menos prestigio tienen, y el círculo sigue avanzando hacia la decadencia.

En este escenario de denigración de la especie surgió la gran excepción y en las peores circunstancias posibles. ¿Qué fue lo que pasó? Hay varias claves que explican este episodio tan excepcional, según el análisis de los que entienden de cómo se hacen los líderes y de qué es aquello que manda en la comunicación política. José Luis Martínez-Almeida consiguió ser la contrafigura del político actual hasta que le nombraron portavoz de su partido y el futuro se llenó de interrogantes. Los expertos destacan que el éxito, que puede ser circunstancial, lo da ser un «tipo corriente», que «cae bien», que «provoca adhesiones», que «no genera rechazo» y que, en un escenario muy adverso y en tiempo récord, «consigue convertirse en un fenómeno en su especie, en una *rara avis* en su género».

En suma, según el criterio de los expertos, redondeó lo que en el argot quinielístico se denomina «pleno al quince». Conviene no olvidar aquello que se le atribuye a Walter Benjamin: «La suerte decide el 80 por ciento de nuestras vidas. Y en política, el 90».

Analistas, politólogos, escrutadores de la cosa pública y sociopolíticos coinciden bastante en el análisis de una clase política española que hoy en día dista mucho de estar integrada por capital profesional de alto valor. Si les animas a las comparaciones con los políticos de décadas anteriores, especialmente los de la Transición, y aun en épocas no tan lejanas, concluyen con pocos matices que estamos ante «el peor nivel de la historia». Basta echar un vistazo a los escaños del Hemiciclo, a los Gobiernos regionales y a los municipios de cualquier comunidad para confirmarlo.

Este es uno de los factores, y no anecdótico, de la irrupción de Martínez-Almeida como figura singular en el mustio estanque de nuestra cosa pública. Los expertos de hoy en el «arte de la política» dicen que el alcalde de Madrid consiguió reunir durante los momentos más duros de la catástrofe sanitaria algunas de las características fundamentales que debe poseer un dirigente político para traspasar, sin demasiadas dificultades, la línea de la mediocridad. Entre ellas destacan el mensaje transversal y una imagen que provoca adhesiones. Igual que hay partidos «atrapalotodo», que persiguen votantes en todos los segmentos políticos, sin ocuparse de sectarismos o banderías, Martínez-Almeida consiguió, en muy poco tiempo, llegar sin problemas a amplias capas de la población, a sectores sociales de todos los colores y de todos los niveles. «Eso es un alcalde», coinciden los analistas. Un tipo dialogante, conciliador, que no se maneja con la ideología por bandera y que se preocupa fundamentalmente «de la gente». No en los términos falsarios y demagógicos que han circulado en estos últimos tiempos en nuestro país. La «gente» de Martínez-Almeida fueron los madrileños. O sea, sus vecinos. Todos y cada uno de ellos. Uno de los momentos icónicos de aquellos meses de angustia fue la imagen del alcalde bajando cajas en una cadena humana de un banco de alimentos: se notaba que no era una pose de político en campaña, sino un alcalde ejerciendo de alcalde.

Los sociólogos de la cosa política tienen constatado que si hay algo que detestan los ciudadanos son esas estampas de líderes que corren a hacerse la foto al lugar de la tragedia. Un incendio, un accidente de tráfico, un derrumbe. Y lo de siempre, dos instantáneas y para casa.

En la fórmula del éxito hay que incluir también otros ingredientes: sólida formación, preparación, capacidad de liderazgo, sensibilidad para la comunicación, buena oratoria y, desde luego, compromiso con su función. Sin olvidar una característica crucial que debe poseer quien está al frente de una responsabilidad política: la capacidad de gestión. Madrid ya tuvo su referente en esta fórmula del éxito, que hoy tan pocos políticos saben administrar, en la figura del «viejo profesor», el alcalde Enrique Tierno Galván, que pasó a la historia por su exaltación de la movida madrileña, pero que fue mucho más que eso. El análisis sociopolítico destaca de él su capacidad de ir por libre, su formación y su vida profesional independiente de la política (doctorado en Derecho, licenciado en Filosofía y Letras, catedrático de la Universidad de Murcia y en la de Salamanca, profesor visitante de la Universidad de Princeton...).

Un desastre de las magnitudes de una pandemia solo puede llevar a un desgaste irreparable en el crédito de sus gestores. «Y de golpe, una excepción», señala Lluís Orriols, doctor en Ciencia Política por la Universidad de Oxford. Allá donde otros dirigentes naufragan, el alcalde de Madrid «supo sobreponerse a lo que es la pauta habitual en este tipo de situaciones extremas y nos está indicando que se puede sacar partido y ventaja de un escenario en el que, generalmente, la mayoría de sus compañeros y sus contrincantes suelen salir perjudicados», añade Orriols.

«El alcalde se alineó con las inquietudes que sacuden a la mayoría de los españoles. Marcó un tono en las formas, sosegado, moderado y con capacidad para tejer apoyos, como el que logró con el pacto con todas las fuerzas políticas contra la Covid», apunta Pablo Simón, politólogo y comentarista especializado en sistemas de partidos y electorales. Y añade:

«Cierto que un ayuntamiento no tiene competencias sanitarias, por lo que le resultaba más fácil ejercer su labor; no se la jugaba a cada hora, como ocurría en otras instancias, pero se adaptó muy bien a las dramáticas circunstancias que tuvo que hacer frente. Esto demuestra que tiene olfato e instinto, sabe colocarse en función del contexto y se pliega bien a las necesidades». Una variante modesta y castiza del *Be water, my friend,* de Bruce Lee.

Para Kiko Llaneras, ingeniero en Automática e Informática Industrial por la Politécnica de Valencia y analista político en varios medios, Martínez-Almeida «se mostró como un político inteligente, oportunista en el mejor sentido de la palabra [...]. La epidemia era un riesgo y una oportunidad y eligió un rol dialogante con la oposición, moderado, muy centrado en la gestión de la crisis y alejado de la batalla ideológica». «Esta forma de actuar —añade Llaneras— fue un acierto porque se dedicó, fundamentalmente, a buscar soluciones a los problemas, una actitud que los votantes suelen premiar. Acertó al huir de la crispación o la bulla en unos tiempos convulsos y de enfrentamientos».

«Su gran mérito es que, ante una situación límite, tuvo la inteligencia de percibir lo que se necesitaba», sugiere Ignacio Varela, consultor y analista político. «Acertó tanto en la actitud como en el tono, y le favoreció que desde los ayuntamientos no se tuvo que gestionar la emergencia sanitaria». Recuerda Varela, sin embargo, que «cuando estaba en la oposición fue un portavoz del PP feroz con Manuela Carmena, no hizo para nada una oposición moderada [...]. Llegó a candidato por su relación con Pablo Casado y porque en Génova se pensaba que era imposible ganar. Si hubieran visto opciones en aquel momento, habrían buscado otro perfil para encabezar la lista municipal».

No coincide con esta visión del «dedazo» Eduardo González Vega, periodista y doctor en Comunicación Política: «Almeida ganó primero en casa. No se olvide que se presentó a unas primarias para suceder a Aguirre y las ganó. Ahí empezó su despegue, fue su primer aviso. Esta es una de las fortalezas de su relato personal. Tampoco hay que olvidarse de su lealtad a Pablo Casado, que, en efecto, le impulsó y le aupó, algo que quizá se ponga a prueba en un futuro, aunque eso está por desentrañar».

Pero ¿cómo tiene que ser un buen alcalde? En este apartado no hay tanta coincidencia. Sugiere Simón que «quien esté al frente del Ayuntamiento de Madrid va a ser siempre una persona de enorme proyección nacional y lo normal es que esté ligado al carácter y a la visibilidad que tiene la propia institución [...]. Los alcaldes de Madrid siempre han sido figuras, al menos en la última época, bastante carismáticas. Así, Ruiz-Gallardón, Botella, algo menos; Carmena y, ahora, Martínez-Almeida. Todos han tenido proyección en la política nacional de una u otra forma». La peculiaridad del alcalde es que «fue capaz de encontrar un tono autónomo y propio, muy diferente a la dirección nacional de su partido; en ocasiones, hasta muy distante, y esto le ayudó mucho a la hora de ganarse simpatías más allá de Madrid, siendo como es él, un PP pata negra».

Llaneras pone más el foco en el pragmatismo que se reclama de la labor del primer edil de una gran ciudad. La cercanía o la proximidad con los vecinos, la sintonía con el contribuyente, con el ciudadano, con el votante: «La gente demanda que su ciudad esté gobernada por alguien que busque soluciones y que no se enrede con las ideologías. Respecto a los alcaldes siempre se dice que no importa tanto el partido como la persona, y ese es el perfil individualista que ha adoptado Martínez-Almeida».

La persona, un marcado cariz humano al margen de la estructura de su formación, del aparato partidista, e incluso del propio andamiaje de la institución, tan desmesurada y en ocasiones de una complejidad kafkiana, son valores que cotizan al alza en política. «Su imagen es la de un gestor solvente —dice Simón—. Su mejor valor político es el tono, las formas. Vivimos momentos en los que la gente se alinea a favor de la unidad, nada de choques, peleas o enfrentamientos. No es tanto la cercanía, que también, sino la transversalidad. No es alguien que se proponga enardecer a los suyos con discursos y proclamas, sino que apuesta fundamentalmente por la gestión y la moderación».

En este análisis de lo que debería ser la política y no es, Orriols observa que «un político no se desgasta cuando reconoce la realidad de una situación, cuando no oculta información y solicita y acepta ayuda si la necesita». Es decir, cuando actúa al revés del criterio que imponen las cúpulas organizativas. «Este modelo de gestor va, a veces, en contra de la pulsión natural del cargo, que es minimizar, esconder o no recurrir a los demás por no transmitir una falsa idea de debilidad. Y se equivocan, y se está viendo con Almeida, porque esta actitud ayuda a amortiguar el desgaste que puede producir una catástrofe. El alcalde fue el único que despuntó porque encontró esta fórmula, porque supo dar con la llave de la transversalidad».

Verónica Fumanal, asesora política y analista, se queda con el valor de «la humildad»: «[Martínez-Almeida] es un político llano, cercano, simpático, moderado cuando ha de incurrir en las críticas, y humilde cuando ha de asumir errores. No le importa reconocer que ha metido la pata, aunque se esfuerza por corregir los patinazos. Es accesible para la oposición, para los medios, y traslada una imagen de temperamento abierto al diálogo, al acuerdo y al entendimiento».

Mientras que González Vega hace hincapié en que el punto fuerte de Almeida es su personalidad, una circunstancia que «aunque suene a tópico, no es algo tan habitual porque en España padecemos una crisis general de grandes liderazgos y él tiene unas características que pueden ser muy aprovechables en ese sentido». «Uno de sus puntos fuertes es su relato personal, que cala mucho en la ciudadanía. Vivimos una época muy difícil y muy dura, de enorme desafección tanto en la sociedad como en las instituciones, y estamos viendo que el relato personal tiene más éxito a la hora de comunicarse con los ciudadanos que las propias siglas o las estructuras de partido. Es algo que facilita la identificación con el votante, que tiene claro quién defiende mejor sus intereses y quién está hablando sobre sus necesidades e inquietudes. La personalidad de Almeida consigue una conexión muy rápida con su audiencia y eso le proporciona una situación de ventaja cuando la gente tiene que decidir entre por qué tú sí y no el de al lado. Ese relato personal también se refuerza notablemente en cuanto a la faceta profesional. Es abogado del Estado, tiene una trayectoria con un bagaje importante, de peso. Y a la hora de expresarse, su discurso ante la ciudadanía es claro, es entendible y, además, se recuerda. Es decir, es un político que conecta con las audiencias, algo que es muy importante para tener éxito en las urnas y en donde uno se proponga».

Sobre la clave de la transversalidad, uno de los ingredientes fundamentales en el éxito de nuestro protagonista, Varela resalta que «todos los políticos que han salido fortalecidos de la crisis han apostado por esta línea de actuación». Almeida, en el caso del PP; la ministra de Defensa, Margarita Robles, en el caso del Gobierno; e Inés Arrimadas, desde la oposición, con su giro al centro. «Almeida apostó por el "populismo de la moderación", pero, en el fondo, aún tiene todo por demostrar. Rudy Giuliani también mostró ese perfil tras los atentados del 11 de septiembre, cuando era alcalde de Nueva York, y en estos momentos forma parte de los halcones más duros de Donald Trump».

¿Y el futuro? Las perspectivas invitan al optimismo, pero hay importantes interrogantes. González Vega explica que «hoy parece que podrá ser un gran líder, pero deberá consolidar su imagen y su perfil a nivel nacional, una asignatura muy complicada para los políticos que nacen en el ámbito local o regional. Le pasó a Susana Díaz, la expresidenta de la Junta de Andalucía, que naufragó en su intento y pasó de ser una líder muy bien valorada a hundirse drásticamente en cuanto dio el salto al terreno de juego nacional. Vamos a ver en los próximos tiempos si Almeida es capaz de consolidar su labor en el ayuntamiento y, para ello, es clave atender a cómo se maneja en las nuevas responsabilidades que le han encargado en Génova». A su juicio, su aterrizaje en la primera línea de la política se produce en un momento muy oportuno, porque el PP necesita aglutinar el voto del centro-derecha si aspira a convertirse en la fuerza más votada: «Es un momento propicio, pero lleno de complejidades. Y debería mejorar su habilidad ante los medios. Es un buen orador, un excelente dialéctico, lo hace bien, pero creo que aquí podría aún resultar más efectivo para conectar con la gente».

«Almeida tiene entre las manos un regalo envenenado, que es la Portavocía nacional del PP —recuerda Simón—. Va a tener la posibilidad de proyectar una imagen positiva del partido, pero, al mismo tiempo, tendrá que hablar más de temas nacionales y eso podría dilapidar su efecto empatía e incluso quemarle más rápido de lo que se piensa. Un ejemplo es Arrimadas. Cuando estaba en Cataluña todo el mundo la veía muy bien, era admirada y reverenciada, pero saltó a la dimensión nacional y se volvió una figura más disputada, más reñida». Para Casado, añade, «es un *win, win* porque consigue una proyección más moderada del partido, y quien asumirá ese desgaste será, precisamente, Almeida».

Pocos aciertan a dibujar cómo será el Almeida de dentro de cinco años. «El actual alcalde redondeó como candidato una campaña más ideologizada, más de confrontación, más clásica, de perfil menos templado de lo que ahora está llevando a cabo», recuerda Llaneras. Y añade, a modo de advertencia: «La gran duda es saber cuál es el verdadero Almeida, qué perfil asumirá en el futuro. Si su actitud es volátil, nadie duda de que resultará castigado por los ciudadanos porque esos comportamientos no se perdonan; ahí va a tener que andar con cuidado».

Fumanal también interpreta que las nuevas responsabilidades que le encomendó Casado en la Portavocía del partido «son un regalo envenenado por una razón evidente, le obligan a ideologizar su discurso, a mostrar un lenguaje más duro, más arisco con la oposición de lo que ha venido haciendo hasta ahora. También se verá obligado a aceptar y asumir la estrategia del PP en pleno, sin opción alguna a la discrepancia. Va a ser un cambio de rumbo notable y es natural que esto afecte a su imagen. El eje principal de su acción pasaba, hasta ahora, por la frecuentación del pacto y por intercambiar criterios y alcanzar acuerdos con la oposición. Quizá ahora este guion se modifique, y mucho. Y quizá esto no le beneficie demasiado de cara a su futuro».

Varela plantea otras dudas a la hora de asomarse sobre el incierto horizonte: «Todavía desconocemos su densidad política. No creo que se pueda valorar su gestión, ni siquiera se sabe bien cuál es en realidad su naturaleza ideológica. Si tiene que ser moderado, lo es, pero si tiene que ser duro, también». Y es entonces cuando aparecen esas sombras en el horizonte, esos nubarrones que ensombrecen lo que hasta ahora era el decorado de un triunfador: «Su condición de portavoz nacional acabará lastrando su imagen. Es alcalde por encima de las siglas, pero la Portavocía lo ancla a las siglas. Cuando se es dos personajes a la vez, uno se come al otro o ambos se debilitan. No se puede ser Tierno Galván y Alfonso Guerra al mismo tiempo. Creo que Casado se ha equivocado en el *casting* una vez más. Igual que pasó con Cayetana Álvarez de Toledo.

No era la persona adecuada para el cargo de portavoz del Congreso».

González Vega levanta la mano discrepante respecto a estas incertidumbres sobre su evolución política e ideológica desde su nuevo «pupitre» en la calle Génova: «Almeida deja muy claro en sus mensajes cuáles son sus valores, qué postulados defiende, no hay opción alguna para el titubeo. Es uno de los futuribles mejor situados dentro del espectro del centro-derecha de nuestro país de cara a una proyección a nivel nacional. La pandemia ha reforzado su imagen y lo ha exportado extramuros de Madrid. Es posible que, si Casado no consigue consolidar su proyecto, Martínez-Almeida se convierta en uno de los futuribles mejor posicionados. Está situado en un plano de gran proyección, aunque hay factores que ahora le benefician y más adelante pueden tornarse en enormes obstáculos para su carrera».

Entre todas estas voces sí hay una conclusión compartida: «Es la gran esperanza blanca de la derecha». Varela resume con esta frase el singular acertijo: «Su evolución dependerá de lo que quiera ser a medio plazo: alcalde con mayoría absoluta en 2023, ministro de Pablo Casado o su sucesor. Son estrategias de comunicación diferentes. Debe elegir el camino, no puede jugar a blancas y a negras».

10
Pongamos que hablo de Madrid

Madrid pasaba frío ese 6 de diciembre, Día de la Constitución, en el que decenas de miles de personas se agolpaban en sus calles para clamar contra el calentamiento global y el cambio climático. La ciudad acogía las sesiones de la Cumbre del Clima (COP 25), una conferencia impulsada en el marco de Naciones Unidas que no pudo celebrarse en Santiago de Chile, el lugar inicialmente previsto, a causa de la agitación social que sacudía al país iberoamericano.

Aquella destemplada tarde sucedió algo especial. La movilización por el centro de la ciudad respondía a una convocatoria para escuchar a la joven activista sueca Greta Thunberg, recién llegada desde Hampton (Virginia, Estados Unidos), tras cumplir una travesía de tres semanas a bordo de un catamarán, aventura oceánica que fue seguida con desmesurado interés por los medios informativos de todo el mundo. Greta, que por entonces tenía dieciséis años, se había convertido en el gran icono universal de los movimientos ecologistas, la sumosacerdotisa de todo tipo de creyentes en la fe universal de la defensa del planeta.

Caía la tarde sobre la capital y miembros y simpatizantes de más de ochocientas cincuenta organizaciones venidas desde todos los rincones del mundo desfilaban bulliciosamente por el Paseo de la Castellana rumbo al punto de encuentro con la estrella invitada de la gran ceremonia de la Cumbre, que se disponía a romper esa capa de hermetismo con la que se protege para predicar ante su océano de entusiastas.

A veces las cosas no suceden como se prevé. A veces el guion se tuerce o, simplemente, cambia su curso y desemboca en un territorio insospechado. A veces todo sale al revés.

Javier Bardem era el encargado de oficiar de telonero en el gran *happening* de la jornada. El popular actor había promovido, producido y protagonizado un documental en defensa de la Antártida que se había proyectado durante las sesiones de la Cumbre. No todo el mundo conocía esta faceta del artista, por lo que su protagonismo provocó alguna sorpresa, sin duda positiva para el enorme auditorio allí concentrado. Bardem siempre ha defendido planteamientos políticos en el ámbito de la izquierda y esa tarde se revelaba para muchos como un combatiente «verde».

El mensaje del actor resultó previsible y ajustado a los objetivos de la magna reunión. Todo transcurría por el territorio de lo esperado: «Las decisiones que se tomen en estos días comprometerán el futuro de todos, y también el de nuestros hijos, hijas, nietos y el de todo el planeta. Necesitamos compromisos». Pero, a continuación, incluyó una frase que provocó una desmesurada sorpresa: «Los políticos deben estar a la altura de este momento histórico en el que ese, y perdonadme porque esto es personal, estúpido de Trump abandona los acuerdos globales. Y ese, y esto también es personal, estúpido de Almeida, que quiere revertir Madrid Central».

La mayoría de los presentes recibieron con entusiasmo los ataques del orador, que, con certera intención, había dirigido sus palabras contra dos de los hombres menos admirados por el auditorio: el polémico presidente de Estados Unidos y el alcalde de Madrid, miembro del PP, que había llegado al consistorio con la promesa de eliminar una iniciativa de su predecesora, Manuela Carmena, consistente en cerrar al tráfico rodado el centro de la ciudad.

Las palabras de Bardem abrieron informativos, llenaron páginas de diarios y acapararon la atención en Internet. El estruendo fue feroz y la respuesta dispar. Las redes se llenaron de mensajes en defensa de Martínez-Almeida, una reacción masiva y apabullante, un movimiento amplio y espontáneo de todo un sector de la población que no consideró oportuno utilizar ese foro ecologista para arremeter contra un político que ya empezaba a granjearse la simpatía y el respeto de los ciudadanos tanto dentro como fuera de las fronteras de Madrid.

Almeida, que por entonces aún mostraba su rostro más combativo y su perfil más agresivo, no dudó en responder inmediatamente a la afrenta y redactó un tuit seco y contundente, como un gancho a la mandíbula: «El típico listo, eso sí, muy progre, que piensa que lo de pagar impuestos no va con él». El alcalde hacía referencia a unos problemas del famoso actor con Hacienda que habían salido a la luz unos días antes.

Tal fue la magnitud social de la respuesta y el respaldo ciudadano al alcalde que Javier Bardem estimó oportuno dar marcha atrás, corregir su rumbo y pedir perdón por su exceso: «El insulto ilegitimiza *(sic)* cualquier discurso y conversación. Por eso pido disculpas por haberme dejado llevar por un impulso en absoluto constructivo que flaco favor hace al verdadero mensaje, único y realmente importante». Lo colgó en sus cuentas de Twitter y de Instagram. Y se extendió como la pólvora. Bardem percibió que ese «estúpido», soltado a destiempo sobre la cabeza de Almeida, fortalecía al agraviado y deterioraba la imagen del ofensor.

Greta, naturalmente, no se enteró de nada. Ajena a todo el revuelo provocado por las palabras de su introductor, la intrépida activista prosiguió inmutable su discurso: «Los líderes nos han traicionado, la esperanza no está dentro de los muros de esta cumbre, sino en quienes estáis aquí fuera, en la calle». Y redondeó su mensaje con una frase que le gusta recitar en sus intervenciones: «Hay que educar en las escuelas, pero también hay que educar a los adultos».

Apenas se habían cumplido seis meses de su llegada al despacho principal de Cibeles y el alcalde ya podía contar con un clamoroso triunfo en su hoja de servicios, una especie de respaldo plebiscitario a su figura y a sus postulados en un territorio que a la derecha siempre le resultó hostil. El mundo de la cultura ha sido en España abrumadoramente de izquierdas. La figura de los «abajo firmantes» es ya una tradición en nuestro discurrir político. En cada convocatoria electoral, destacados representantes de ese sector hacen pública su legítima adhesión a los partidos con los que se sienten mejor representados.

Tras aquel encontronazo, que fue un impulso sobrevenido y extraño a su imagen pública, Martínez-Almeida no ha tenido más problemas con el mundo de la creación artística. En realidad, todo lo contrario. El alcalde de Madrid puso al frente de la Concejalía de Cultura a Andrea Levy, una política catalana que sabe de lo que habla y gestiona por vocación personal, y que ha conseguido armar una red transversal de contactos en el sector con el objetivo de desalojar al sectarismo radical que había ocupado los espacios artísticos durante la etapa de Manuela Carmena. El impulso cultural de Madrid era ya una realidad asumida y aplaudida en amplios círculos profesionales hasta que sobrevino la pandemia. Y todo dio un vuelco. Todo se paralizó. Podríamos traer a colación el verso de Gabriel Ferrater: «A aquel mundo mío, alguien le había aplastado la cara».

Andrea Levy, tenaz, no permaneció quieta durante los meses del confinamiento, sino que activó circuitos, movilizó planes, animó a los protagonistas en todas sus variantes y vertientes. Hizo, en suma, lo que el Gobierno socialista no supo o no quiso hacer. Su objetivo era sacudir depresiones, respaldar propuestas incipientes y agitar el motor creativo de la ciudad, incluso en medio de la pandemia.

Un compañero que lleva años dedicándose al ámbito de la cultura escribió que «el nuevo discurso emergente en el PSOE se basa en que la cultura no da votos». De ahí el desapego del presidente Pedro Sánchez hacia el hecho cultural, que se ha advertido con claridad durante el difícil tiempo de esta crisis. Mientras Levy se afanaba por luchar contracorriente, por no abandonar a los creadores, por sostener el latido languideciente del mundo artístico con una obcecación casi religiosa, en el equipo de La Moncloa se atendía con displicencia a los desesperados ruegos y clamores del sector. «La cultura es política para los tiempos tranquilos», se escucha en los entornos del «sanchismo».

Almeida y su equipo se han remangado en defensa de la cultura porque «no es asunto que en el ayuntamiento se mida con el "votómetro", es una cuestión de principios». «Aquellos políticos que no sean útiles, en tiempos fáciles o difíciles, acabarán siendo castigados y barridos como un estorbo», suele repetir Andrea Levy.

Pongamos que hablo de Madrid. Pongamos que a la gente de la cultura, de la creación artística y de la sociedad civil se le pregunta por el señor alcalde…

Javier Sierra, escritor (Teruel, 1971)

«No le conozco personalmente, pero mi valoración sobre Madrid y su alcalde es esperanzadora. Puede hacer una buena gestión municipal y lo veremos con el tiempo una vez superemos la pandemia. De momento, no ha podido demostrar toda su fuerza y su músculo para con Madrid, pero tengo confianza».

Luis Alberto de Cuenca, filólogo y poeta (Madrid, 1950)

«A Almeida le conozco desde hace tiempo. Comí con él por primera vez en el Senado, cuando aún no era candidato a la Alcaldía de Madrid. Es un auténtico líder, con la cabeza muy bien amueblada. Lidera un Madrid que apunta al futuro. No se duerme en los laureles y lo está demostrando. Todos los años acudimos juntos al convento de las Trinitarias en la calle Lope de Vega. Es un encuentro anual que mantenemos por la promesa de visitar a las monjas de clausura del convento. Este año no ha podido ser por la pandemia. Esperamos estar allí en 2021».

Albert Boadella, dramaturgo (Barcelona, 1943)

«Llevo sin visitar Madrid desde el mes de enero. Mi opinión es lejana, estoy fuera del foco mediático y político. Apenas me llegan noticias de lo que sucede en la capital más allá de la situación sanitaria. Pero también te digo que es un síntoma bueno, porque no puedo decir lo mismo de la alcaldesa Ada Colau, sobre quien, si me preguntaras por ella, podría extenderme. Creo que Madrid está en buenas manos y no se puede pedir más».

Juan Carlos Rodríguez de la Fuente, director teatral (Talamanca del Jarama, Madrid, 1959)

«Es la gran sorpresa. Nadie le conocía y creo que todos nos hemos quedado sorprendidos con él, por lo bien que lo está haciendo. Tiene un discurso directo, claro y sincero. Faltan más personas como él. Al igual que cualquier buen político que se precie, posee el equilibrio entre lo que dice y lo que hace. Lo demuestra no solo con prometer en sus discursos, sino por las acciones que realiza. He hecho teatro con él en la radio. Apareció como invitado estelar en un programa que hacía con Nieves Álvarez, *Los García Madroño.* Es una persona que te mira a los ojos cuando te habla. Hay que empezar a juzgar a los políticos por ahí. Es algo importante».

Ramoncín, cantante (Madrid, 1955)

«La condición perfecta en política es imposible, o bien por los errores del político que toma decisiones o bien por la ideología de quien lo juzga. Me siento una persona completamente libre y tengo capacidad de juzgar más allá de las ideologías. Pensé que no iba a ser una buena idea lo del señor Almeida. No me gustaba ese arranque de "vamos a acabar con Madrid Central", y lo que pasó con el cementerio de la Almudena, tampoco. Pero poco después vi algunos modos en él que me gustaron, como la campaña de la limpieza de la ciudad. A partir de ahí le observé y aprecié el talante de una persona estupenda, con ganas de hablar con todo el mundo. De hecho, mantuvimos una reunión, cosa que no me pasó con Manuela Carmena. Lo digo por esas cosas de las ideologías... A veces estás más lejos de los que crees que piensan como tú que de los que consideras que están más alejados ideológicamente. En la reunión le pregunté si recordaba el entierro de Tierno Galván. Él se acordaba más o menos porque entonces era muy joven. Le dije que allí había llorándole un punki de San Blas y una señora del barrio de Salamanca. Le recordé que fue el alcalde de todos los madrileños y le dije que él también debía ser el alcalde de todos los madrileños, de un lado y de otro. Y, durante el confinamiento, lo fue. Consiguió una cosa única, poner de acuerdo a todos los grupos municipales. Me consta que en esa época habló mucho con Juan Barranco, imagino que también con Carmena y con quien correspondiera. Fue un comportamiento único, mientras que el resto de los políticos se mataban en el Congreso. Sin embargo, ahora ha cometido un error. Yo creo que destacar de esa manera, convertirse en la figura más respetada de su partido en todo el mundo, no les hizo mucha gracia ni siquiera a sus propios correligionarios. Creo que le ofrecieron la Portavocía del PP por dos razones: por ser una persona que da prestigio en el partido y que tiene enganche entre la población, y porque de ese modo también le neutralizan, por si acaso. Seguro que no me equivoco mucho. No entiendo por qué ha aceptado, porque estaba muy bien donde estaba, y ser alcalde de Madrid es suficiente. Esa imagen de persona conciliadora que se aleja del ruido no va a ser posible. Ahora se ha convertido en un alcalde del Partido Popular, y su prioridad va a ser el partido. Ojalá me equivoque. Hasta este momento hemos tenido una ocasión estupenda de tener un alcalde consensuado y con el respeto ganado por todo el mundo, pero, al final, se va a convertir en un político más. O no se ha dado cuenta, o se ha visto arrastrado por la lealtad del partido o por la ideología, no lo sé».

Padre Ángel (Mieres, 1937)

«El Madrid de Almeida es creer en una esperanza nueva y distinta a las que hemos conocido hasta ahora. Ahora bien, Madrid siempre ha tenido muy buenos alcaldes, como Álvarez del Manzano, Ana Botella o Manuela Carmena. Creo que Almeida ha traído un aire fresco a la capital, pero ahora, por desgracia, todo está parado. Ha tenido la suerte, o la mala suerte, de conocer un Madrid con la Puerta del Sol vacía, pero vendrán tiempos mejores. De él aprecio su capacidad para el diálogo tanto con políticos con los que tiene afinidad como con los que se encuentran en las antípodas. Le conozco y puedo decir que tiene una vida espiritual grande. Destacaría, además, su capacidad para hacer amigos. Es más, saldrá del ayuntamiento teniéndolos, y no solo en Génova. Es un hombre que no necesita la política para ser feliz. Aunque ahora le encuentro triste porque ve cómo mueren madrileños por el coronavirus. Creo que es una persona que a todos nosotros nos gustaría tener dentro de nuestra familia. De hecho, confieso que es una de las pocas personas con las que me tomaría un café, y eso en mí es muy raro, porque no suelo tomar café con nadie. Puedes estar más o menos de acuerdo con sus ideas, pero con él se puede hablar».

Carlos Iglesias, actor (Madrid, 1955)

«No le conozco personalmente. Creo que ha tenido muy mala suerte, pues gestionar una pandemia debe de ser muy complicado. Cada vez que pienso en el Ayuntamiento de Madrid, pienso en el coronavirus, y todo lo demás queda en segundo plano, por lo que no puedo hacer otra valoración sobre el Madrid que dirige en estos momentos. Creo que torear una crisis sanitaria en una ciudad de casi cuatro millones de habitantes debe de ser muy difícil y seguro que es necesario improvisar en algunos momentos».

Javier Solana, exministro y ex secretario general de la OTAN (Madrid, 1942)

«Madrid necesita un icono, una imagen. Y eso también lo piensa Almeida. Algo con lo que se le identifique rápidamente. Podría ejercer de este punto de enganche la zona del Museo del Prado, la Real Academia, el Retiro. Si toda esa zona fuese peatonal, sería un corazón fantástico de Madrid. Todo bien estructurado urbanísticamente podría ser una zona muy representativa del Madrid cultural. Se debe retomar la idea de hacer peatonal desde la Plaza de Neptuno hasta Atocha. Del alcalde solo puedo decir cosas buenas. Es inteligente y le deseo lo mejor. Lo único que aún no sé es si le vendrá bien ser portavoz nacional del PP. Yo fui el primer portavoz de un Gobierno, en 1983, y conozco bien el trabajo que conlleva, y aunque Almeida sea portavoz de la oposición, lo cierto es que Madrid ocupa todo el espacio y todo el tiempo. A ver cómo lo conjuga».

Jesús Posada, expresidente del Congreso de los Diputados (Soria, 1945)

«Madrid ha sido siempre el centro de todo. En los últimos cien años ha sido el centro de la vida y de la política nacional. Ha sido influida enormemente por todos los avatares de España. Madrid se encuentra en un momento clave, ha sido sede de multinacionales, de movimientos asociativos y de carácter político, pero también sociales. En estas condiciones, creo que el hecho de que recaiga la alcaldía en Martínez-Almeida es una gran oportunidad no solo para Madrid, sino para él. Es una persona que se ajusta a las características de Madrid, sobre todo por su contacto cercano con la población madrileña. Además, Madrid es diferente a otros territorios, porque no basta con mirar al interior, sino que hay que mirar hacia fuera. Yo, como ciudadano que vive en Madrid, me siento satisfecho de tener a Almeida como alcalde».

Miguel Abellán, torero (Madrid, 1978)

«Madrid es la ciudad donde siempre se quiere estar. Si tuviera olor a mar, sería perfecta. Si hay algo bueno, que lo dudo, que se puede sacar de esta terrible pandemia que está asolando al país y a la sociedad española es la extraordinaria manera de hacer política de José Luis Martínez-Almeida. Sin ninguna duda, es el político más valorado por su gestión y por su mando frente a la Covid-19, pero, sobre todo, por demostrar a los de un lado y a los de otro, a los de un color y otro, que la política se puede hacer bien, mal o como la hace y la entiende José Luis. Si alguien dudaba de su capacidad de gestión cuando era candidato a la Alcaldía de Madrid, el tiempo y, sobre todo, su trabajo han eliminado las dudas. A diario da muestras de su liderazgo y compromiso no solo con los madrileños, sino también con todos aquellos que visitan Madrid. Es capaz de tender puentes para el acercamiento, incluso con partidos que están en las antípodas ideológicas. Y es un hombre cercano, atlético reconocido y defensor y aficionado a la tauromaquia. Sin duda, es el alcalde que merece Madrid y el político que merecemos todos los españoles».

Fernando Sánchez Drago, escritor (Madrid, 1936)

«El Madrid actual no me gusta nada. En general, no me gustan las ciudades. En mi último libro, *Galgo corredor,* trazo las líneas de un Madrid fantástico, con sus bulevares transitables, con el olor característico de cada estación, un Madrid en el que los niños podían salir a jugar a la calle. El Madrid que tenía la luz de Velázquez y de Goya. Todo eso ha desaparecido. Cuando vengo a Madrid trato de salir lo indispensable. Es una ciudad que ha perdido el buen gusto, con esos adultos enseñando su pelambrera en sus piernas y luciendo calcetines blancos, y esas mujeres con plataformas horrorosas. Es un Madrid invadido por el culto a la bicicleta y donde los coches circulan como una exhalación, si lo comparas con el Madrid que era una patena, una ciudad impoluta. Lo único que se puede hacer es salir huyendo. Sobre Martínez-Almeida creo que es una esperanza del PP para un liderazgo de futuro. No tiene nada que ver con la última alcaldesa».

Carmen Posadas, escritora (Montevideo, Uruguay, 1953)

«Si tuviera que definir a José Luis Martínez-Almeida en un par de palabras diría que es una rareza política. En un panorama en el que lo que abunda es la mediocridad, la bisoñez y la inoperancia, él encarna todo lo contrario. Tiene, además, otra gran virtud, la de hablar meridianamente claro, de modo brillante y sin complejos. Y lo hace sin crispar y sin dar coartada a sus adversarios políticos, que son maestros en transformar la lógica (y muy necesaria) crítica de la oposición en lo que para ellos son útiles razones para el victimismo».

Epílogo. Lo que falta por escribir

A mediados de verano de 2020, con el borrador de este proyecto ya muy avanzado, se confirmó el rumor del que se venía hablando desde hacía varias semanas: el cese de la portavoz del Partido Popular en el Congreso de los Diputados, Cayetana Álvarez de Toledo, y el nombramiento del alcalde de Madrid, José Luis Martínez-Almeida, como portavoz nacional del partido. En este hecho se plasman el pasado y el presente, con las expectativas que había en ese pasado sobre lo que podría ser en el futuro el alcalde de Madrid.

Hasta que se hizo oficial la decisión de su nombramiento como portavoz, su figura era percibida como la «esperanza blanca». Había conseguido salirse de la imagen que tanto dentro como fuera del partido se daba por sentada, y así, cuando se levantó el estado de alarma, Almeida era para el PP un valor de futuro, incluso una alternativa para tirar del barco si la tripulación actual y su capitán no llegaban a buen puerto. A día de hoy, construirse una imagen de estadista no es nada fácil; para que esa imagen se caiga basta con que durante el aleteo de una mariposa el viento sople en la dirección equivocada.

Martínez-Almeida recibió más pésames que felicitaciones en aquellos días en los que multiplicó su presencia mediática al estrenarse como la voz de Génova. De los que de verdad le quieren, casi todos le advirtieron del peligro, de lo que arriesgaba como alcalde de Madrid aceptando el cargo de «vocero» de los intereses nacionales de su formación política. «Soy un soldado. Y tengo que actuar con lealtad», respondía él. Nosotras le preguntamos y recibimos una contestación parecida, aunque no esté recogida en su literalidad exacta. En circunstancias normales, la consistencia de su carrera política requeriría un recorrido de ocho años como alcalde antes de buscar el vuelo a nivel nacional. No ganó las últimas elecciones y tiene en su mano la oportunidad de utilizar el Gobierno municipal para ampliar su base y conquistar a los que pertenezcan al «macizo» de la raza popular. Sus allegados daban por descontado que ese era el objetivo que tenía en mente: ir a por una segunda legislatura con una mayoría más sólida y con más margen político y más tiempo para construir un legado.

Su principal éxito como alcalde fue conseguir ser reconocido por su gestión de la pandemia en los barrios que le votaron y en los que no. Es muy difícil, y así se lo comentaron en aquellos días sus amigos y alguno de sus colaboradores, ser el alcalde de todos y ser a la vez el látigo de Pablo Casado contra el Gobierno de Sánchez. El alcalde de Madrid tiene una responsabilidad institucional, y en la España de hoy —no solo en Cataluña— falla la lealtad entre instituciones. Los portavoces de unas siglas están obligados a decir lo que sus jefes a veces no se atreven porque, en términos políticos, hacerlo les «quemaría». En ocasiones tienen que defender lo indefendible puesto que, efectivamente, son «soldados» que cumplen órdenes.

Cuando nos sentamos a escribir, el primer título que propusimos para el proyecto fue *Almeida, el futuro del PP.* El cambio de cromos en la dirección nacional del partido modifica los matices de la idea, pero su esencia sigue vigente porque está por escribir si la figura del «alcalde de España» que vimos en marzo podrá imponerse a las necesidades orgánicas de su formación política. Ser el alcalde de España y el «agitador» de tu jefe es tan incompatible como la geometría variable que predica la unión circunstancial de Podemos, ERC y Ciudadanos en una misma ecuación.

El Partido Popular carga con una pesada mochila que dejaron en la mesa los «padres políticos» de Pablo Casado. Todas las herencias tienen cosas buenas y malas, y hay que llevarlas con la inteligencia suficiente para que lo bueno no deje de brillar y hacer que lo malo pase al rincón. La corrupción siempre daña, pero se gestiona aún peor desde la oposición, incluso aunque sean casos del pasado, porque siguen judicializados y el Gobierno central tiene todas las armas a su alcance para orientar la partida a su favor. Y, si no, que le pregunten al Gobierno de Rajoy.

Durante el trabajo de exploración para armar estos textos llegamos a la conclusión de que una de las fortalezas de Almeida es la carga técnica de su equipo de asesores y colaboradores. Por decirlo de otra manera, su inexperiencia política y su experiencia de gestión. Se ha rodeado de los suyos, de profesionales que hacen política, pero que no son políticos de partido. Otra de las fortalezas para construir un liderazgo potente es el carácter. Almeida podrá acertar o equivocarse en las decisiones que tome en el futuro, como todos, pero hay condiciones en el carácter que te ayudan a ganar aun cuando te equivoques. Como cualquier personaje público, en la distancia gustará o repelerá, pero nosotras testamos que la mayoría de los que le tratan le consideran «buena gente». Y en política, más difícil que ganar unas elecciones —y ya lo es— es mantener en tu espalda la etiqueta de «buen tipo».

Queremos agradecer la colaboración del equipo del alcalde, de su familia y de algunos dirigentes de la oposición madrileña. Por la ayuda, la disposición, la libertad y, sobre todo, porque en el inicio de este trabajo nos dejaron claro que no sería necesario revisar nada antes de que quedase impreso.

Hemos dado mucha importancia al factor humano que se oculta tras el traje político. Y terminamos con él. Durante el confinamiento, la familia del alcalde celebró algunos cumpleaños en la distancia, como tantas otras en España. Videollamadas, reuniones sorpresa a través de la pantalla de una *tablet* y vídeos montados artesanalmente con las colaboraciones de primos, hermanos o abuelos. No había más recursos. En la familia del político, primero fue el cumpleaños de Ignacio, sobrino, al que le cayeron los dieciocho años durante el «encierro». La juventud se volcó en prepararle una sorpresa que uniera vía telemática a amigos y a familia, con la colaboración especial de «Pepito». Pero pocos días después, fue el cumpleaños del propio alcalde, y el vídeo que recibió es para verlo. Ignacio se reveló como un imitador profesional del alcalde de Madrid en su faceta privada, y cuentan que la cara de sorpresa del tío fue histórica. Nosotras nos quedamos con la imagen de Martínez-Almeida en su sofá con sus alpargatas, girando una con el dedo gordo del pie. ¡Todos tenemos nuestros tics! Tampoco está mal Ignacio en la imitación del alcalde bajando las escaleras y cantando el himno del Atleti, por supuesto, y desafinando hasta dar pena. Ese día de cumpleaños confinado, Almeida recibió también otro vídeo de su equipo colchonero, en el que «el Cholo» Simeone y todos los jugadores le dedicaron unas palabras. Y, claro, la pregunta es: ¿ganó la sorpresa del Atleti a la familiar? Los sobrinos lo tienen claro. Perdieron ellos.

Índice onomástico